名家读书系列
MINGJIADUSHU

周 明 主编

施蛰存读书

施蛰存 著 方 未 选编

中国社会出版社
国家一级出版社★全国百佳图书出版单位

图书在版编目（CIP）数据

施蛰存读书 / 施蛰存著 . —北京：中国社会出版社，2013.5

（名家读书系列 / 周明主编）

ISBN 978-7-5087-4401-8

Ⅰ. ①施… Ⅱ. ①施… Ⅲ. ①散文集—中国—当代 ②随笔—作品集—中国—当代 Ⅳ. ①I267

中国版本图书馆 CIP 数据核字（2013）第 073645 号

施蛰存读书

著　　者：施蛰存
选　　编：方　未
责任编辑：牟　洁
出版发行：中国社会出版社　　　　邮政编码：100032
通联方法：北京市西城区二龙路甲 33 号
编辑部：（010）66063028
发行部：（010）66085300　　（010）66080300
（010）66083600
邮购部：（010）66081078
网　　址：www.shcbs.com.cn
经　　销：各地新华书店
印刷装订：中国电影出版社印刷厂
开　　本：160mm×220mm　1/16
印　　张：14.5
字　　数：190 千字
版　　次：2013 年10月第 1 版
印　　次：2013 年10月第 1 次印刷
定　　价：30.00 元

目　录

第一辑　我的第一本书

第二辑　小说中的对话

第三辑　读古书

第四辑　读翻译作品

第一辑

我的第一本书

看书·读书

在口语中，我们总是说“看书”，但在书面文字中，却总是用“读书”。《新民晚报》有一版《读书乐》，《文汇报》有一个《读书周报》，北京三联书店有一个《读书》月刊。都用“读书”而不用“看书”。外国人，无论口语或书面，都用“读书”。我们说：“你近来看什么书?”外国人说：“你近来读什么书?”小学、中学和大学生，都是到学校里去“读书”，没有人说：“进学校去看书。”

根据现在的情况，小学到初中的学生，在语文课教室里，还是高声读课文的，高中以上的学生，连语文教材也只看不读了。中年以上的人，手里捧一本书，不论是本行专业书或是其他消遣书，差不多全是只看不读。只有读报小组的读报人，才高声读报，那是为别人服务，不是为自己而读。另外，有些人看到好的诗词，情不自禁地朗读起来，我们称之为“吟诗”，不叫“读”。这是属于唱歌一类的。

因此，一般人只说“看书”而不说“读书”。其实，看书也是读书。读出声，叫作读；不出声，叫作看，只是表象的不同。每个人看书的时候，也是一个字一个字地念下去的。因为不出声，旁人就以为他是看而不读，如果你能理解“看书”是默读，“读书”是朗读，这才可以理解“看书”也是“读书”。

书是语言文字的载体，语言文字是知识的载体。无论看书或读书，最终目的是获得这本书中语言文字所传达的知识。成年人读书不出声，只是对书看着，这是因为他们很容易通过语言文字获得知识。中小学生必须朗读课文，这是因为他们必须首先熟悉语言文字的作用。我们培养青少年的语文知识，目的是帮助他们打好坚实的语文基础，使他们将来看书时，没有语文障碍，能正确地获得书中所传达的知识。

使青少年具有良好的语文知识基础，我以为，在初中结业以前，必须完成现代汉语的教学。这就是说，每一个初中毕业生，都能够正确地阅读一切当代书刊。在高中结业以前，必须完成古代汉语的教学。这就是说，每一个高中毕业生，都能够正确地阅读普通文言书刊。在文字方面，还必须熟悉繁体字。

自从改革开放以来，我们和海外华人的文书交流，日趋频繁。海外华人不用简化字，他们的文件，还有很多古汉语成分。我们今天的大学生，还有很多人不能阅读或写作适应于海外华人的文件。这是因为我们现今中小学语文教材的水平太低，影响了他们对外所必须具有的语文使用能力。

我想在语文教学工作方面，向中小学语文教师提出两点建议，也同时向青少年提供两点语文学习的方法。

（1）中小学语文教学应当以培养语文知识及写作、阅读能力为主要任务，通过语文的思想教育，只能作为次要任务。

应当多多指导并带领学生朗读，朗读能巩固记忆。无论白话文或文言文，都必须依照每句的语法结构诵读。一般人常说读文言文有腔调，这所谓腔调，其实就是语法结构的节奏。此外，还要训练学生读每一个字音要正确，使他们能辨别四声。

（2）我希望高中语文教师选一些文言文作补充教材，最好是议论文，也希望高中学生多看一些文言文的课外读物，以补充课堂教材的不足。

为培养语文水平而读书，只有在青少年时期，才有效益，过了中年，只能看书了。

1991 年 11 月 3 日

我的第一本书

《书讯报》有一个专栏，名为《我的第一本书》。编辑同志来组稿，要我也写一篇，我就一口答应了。过了好多天，才有空闲执笔，想还掉这一项文债。可是，一想，这个栏目意义不很明白。我的第一本什么书呢？可以是我读过的第一本书，也可以是我买的第一本书，也可以是我写的第一本书。估量编者之意，大约是希望我谈谈我所写的第一本书。不过，我又想，趁此机会，从三个方面都谈谈，也有趣味，可以作为我的一篇关于书的回忆记。

1910年，即清宣统二年，我六岁，随父母住在苏州醋库巷。过了阴历元宵节，父亲就给我举行了开蒙仪式。第二天早晨，就送我到邻居徐老夫子的私塾里。行过拜老师的大礼之后，徐老师分配给我一个靠窗的座位。我坐下来，从新做的花布书包里取出我生平所读的第一本语文读本：《千字文》。老师先读一句，我跟着照样读一句。他读了四句，就结束了一天的功课。余下来的一整天时间，就是我高声朗读这四句："天地元黄，宇宙洪荒。日月盈昃，辰宿列张。"老师只教我读字音，不给我讲字的意义。这四句，我不到放午学，都已能背诵得滚瓜烂熟，但是不知道它们是什么意思。"元"本该是"玄"字，因为避清圣祖玄烨的讳，一切书本上所有的"玄"字，都改作"元"字。这是我到中学三四年级才知道的。

第二天，一到学馆，第一件事就是背书，要立在老师的书桌旁边，背对着老师，背诵昨天所教的四句。这第二天的功课当然很容易，背诵四句，新学会四句。但是第三天就要背诵八句了。这样滚雪球似的读下去，十多天以后，就感到很困难，常常背漏了几句。

一本《千字文》，半年就读完而且背熟了。这就意味着我在初上学半年内就认识了一千个字，虽然不很懂得它们的意义，但也并不是毫无所知。现在小学一年级学生，恐怕识不到五百字。因此，我对旧社会中以“三百千”（《三字经》、《百家姓》、《千字文》）为小学生启蒙读本的办法，现在也不很反对了。

我父亲有十二个书箱，藏着他平时节衣缩食买来的书，经史子集都有。我进中学后才能自己找书看，以为父亲的书，我一辈子也读不完，所以从来不想到自己去买书看。可是，我在高等小学二年级的时候，有一位同班同学常常讲曹操、刘备的故事，武松杀嫂的故事，才知道有一种书叫作“小说”。这种书，我父亲的十二个书箱中却一部也没有。于是我开始把母亲给我的零用钱积聚起来，星期日到东岳庙书摊上去买小说书看。第一部就是金圣叹批本七十回的《水浒传》。

父亲书箱里有几本关于词的书，如《白香词谱》、《草堂诗余》之类，我也统统看过，并且学着填词。起先以为这些书都属于词曲，后来才知道词和曲是两种文学形式。可是东岳庙书摊上不卖词曲书，不用说曲没有，词也没有。于是我到城里新开的云间古书处去问。那个年轻的老板兼店员请我自己到书架上去找。架上有一堆木版书，全是词曲。我几乎每本都想买，可是口袋里没有足够的钱，只拣了部书名《蕉帕记》的曲子书。回家仔细一看，才知道这是汲古阁刻《六十种曲》的零本。

《蕉帕记》是我自己买的第一本戏剧书，也是我看过的第一本古典戏剧书。下一个星期，又到云间古书处去，买到了一部有钱大昕藏书印的《北词广正谱》。这两部书引起了我涉猎曲学的兴趣。

这时候，我学作小说、诗词，不自知其幼稚，写好了就向上海的鸳鸯蝴蝶派文艺刊物投稿。周瘦鹃编的《申报》副刊《自由谈》、《半月》，包天笑编的《星期》，都发表了我好几篇作品。但那时的刊物不给稿费，我也不知道发表了文章可以得到稿费，只要给我发表，就很高兴了。

五四运动使我懂得了封建主义、民主主义、自由主义、帝国主义这许多新名词、新思想。胡适的《中国哲学史（上册）》，是使我接触先秦诸子的第一部书。郭沫若的《女神》是我买的第一部新诗集。《少年维特之烦恼》是我买的第一部新文学出版物的外国小说。在早期的新文学运动中，创造社给我的影响，大于文学研究会。

这时，我已决心搞文学，当作家。我十分崇拜歌德、莫泊桑、屠格涅夫。狄更斯的小说，我读的都是林琴南的文言译本，虽然觉得很好，但林琴南的译本当时大受批判，我也把狄更斯归入鸳鸯蝴蝶派，以为他是英国第三、四流的作家，不值得重视。

我既不再向鸳鸯蝴蝶派刊物投稿，而新文学刊物如沈雁冰编的《小说月报》和创造社的《创造季刊》，在我看来，都是望尘莫及的高级文学刊物，我有自卑感，不敢去投稿。于是我一气写了十多个短篇小说，编为一集，题名《江干集》。这些小说都是在之江大学肄业时写的，而之江大学在钱塘江边，故题作《江干集》。我请胡亚光画了封面，请王西神、姚鹓雏、高君定题了诗词，交松江印刷所排印了一百本。这是我自费出版的第一个短篇小说集。这一集中的作品，文字和风格，都在鸳鸯蝴蝶派和新文学之间，是一批不上不下的习作，所以我不认为它是我的第一本正式的文学创作集，这一百本书，送亲戚朋友二十本，余下八十本，都委托上海南京路文明书局代售，因为有一个同乡在这家书局中当门市部经理。过了几个月，我去向同乡打听书的销售情况，据说只卖去十多本。又过了半年，文明书局歇业，我的同乡不知转业到什么地方去了。我的书不知下落，也没有结账，我一个钱也没有拿到。前几年，上海文研所的应国靖同志在上海图书馆书库中发现了一本。他借出看了一遍。承蒙他夸奖，认为这些粗糙的小说都是具有反封建、反帝国主义的现实主义作品。

1927 年，在《小说月报》上读到夏丏尊译的日本作家田山花袋的短篇小说《绵被》，觉得很受启发。这是一篇东方气息很浓重的小说，和欧洲作家的短篇小说完全不同。我模仿它的风格，写了一篇《绢子姑娘》。这时，沈雁冰已是我的老师，他的助理编辑徐调孚，也已是我的新朋友。我想，我已有条件去向《小说月报》投稿了。于是我把这篇小说交给徐调孚，他得到沈先生的同意，就给我发表了。这时，上海经营新文学书刊的小书店正在多起来，许多出版商需要文稿。经朋友介绍，我把《绢子姑娘》再加上二三篇没有发表的小说，凑足五万字，编成一本小说集，题名即为《绢子姑娘》，交给一家书店（现在连店名都忘了），不到三个月，就出版上市，这是我的第一本由出版商印行的小说集。《绢子姑娘》和《绵被》虽然故事情节不同，但明眼人一定看得出来，二者之间有很多相同之处，我自己心里更明白，这是一种高超的模仿，还不能说是创作。因此，我也不承认它是我的第一本新文学创作。

1928年，我和刘呐鸥、戴望舒办第一线书店、水沫书店，先后编刊《无轨列车》和《新文艺》两个刊物，这时我们的思想都“左”倾了。我写了二篇模仿苏联小说的《追》和《新教育》，算是我的普罗文艺创作。当时把这二篇小说列入我们的一套小丛书《今日文库》，书名即用《追》。这是六十四开本，一张报纸的小册子。《今日文库》的第二种是画室（冯雪峰）译的苏联诗歌集《流冰》。这两本小书，不久就被国民党目为宣扬赤化的文艺书，下令禁止发行。这是我第一本被禁止的小说集。不过，第一本之后，不再有第二本，因为我不再写无产阶级革命题材的小说，所谓第一本，也就是唯一的一本。

我真正的第一本新文学创作集是1929年由水沫书店出版的《上元灯》。但是，在初版本的《上元灯》里，还有一篇《牧歌》是模仿希腊牧歌的，算不得创作，因此我在由新中国书局出版的再版本《上元灯》中，把这篇《牧歌》也删去了。正确地说，我正式的第一本创作小说集应当是再版本《上元灯》。

“五四”新文学运动给我的教育，是重视文艺创作的“创”字。一个作家，必不能依傍或模仿别人的作品，以写作自己的作品。一篇小说，从故事、结构到景物描写，都必须出于自己的观察和思考，这才算得是“创作”。我不愿意把初期的一些多少有模仿嫌疑的作品，老着脸皮说是我的创作，因此，我否定了《上元灯》以前的几个“第一本书”。

这一二年来，有几位青年作家的得奖小说，被读者检举，有抄袭嫌疑。有的是故事雷同，有的是描写风景山川部分，整段抄袭外国小说的译文。

这种现象，都有损于作者的品德。如果有一篇被评为好的小说，其中间有一段描写文字，证明为抄自别人著作的，那么读者就有理由可以怀疑这整篇小说是从许多不同的别人作品中抄袭来的。这样，即使它是一个得奖作品，读者也就不能信任那些评奖委员了。我希望今天的青年作家，必须珍惜自己的创作，这样才能提高我们的文艺创作水平。

1985 年 12 月 15 日

我治什么“学”

《书林》杂志有一个《治学篇》专栏，去年，编者就来找我，要我给这个专栏写一篇文章，谈谈我的治学经验。我当时贸然答应，毫不考虑。现在编者又来敦促，要我践约交稿，我这才想起，我这一辈子到底“治”了些什么“学”？我自己也回答不上来。我自己反省，弱冠以来，迄今五六十年，我的确“治”过不少“学”，几乎每年每月每日都在“治”，可是我“治”得了什么“学”呢？没有！我完全无“学”，因而至今是“不学无术”。

我在十七八岁的时候，也就是在四年制中学第三四年级的时候，中、英语文阅读及写作能力，已有相当好的基础。中文是家学，我父亲教我从《古文观止》读到《昭明文选》。英文得力于叶颂蕃老师的文法课，他教授《纳氏文法》第四册，使我能基本上懂得英文的语法结构。这两种语文基础，是我的有利条件。中学毕业后，报考东南大学国文系，同去应考的有四个同学，只有浦江清一人被录取，我和其他二同学均名落孙山。于是去报考之江大学，因为听说教会大学容易考。果然被录取了，就进之江大学去读英文。在之江，没有钻研中国文学的条件，我就钻进了英国文学。一年之间，我读了英国文学史、英国散文和诗歌。对英国文学刚才懂得一些皮毛，可是因为参加非宗教大同盟，不能不退学了。

第二年，我到上海进上海大学，读中国文学系，陈望道老师讲修辞学，沈雁冰老师讲西洋文学史，俞平伯老师讲诗词，田汉老师讲欧洲浪漫主义文学，这些课程都对我有相当影响。西洋文学史的教材是周作人编的《欧洲文学史》，这部书的内容，实在只讲了希腊、罗马部分，我以为不足，就自己去找英文本的欧洲各国文学史看。俞平伯老师讲过《诗经·卷耳》，指导我研究《诗经》的路子。于是我找到一部方玉润的《诗经原始》，通读之下，豁然开朗，才知道古典文学研究的历史进程。

在上海大学读了两年，又转到大同大学读英文，在叶上之、胡宪生老师的指导下，读了司蒂芬生的散文《骑驴旅行记》和沙克莱的小说《亨利·爱思芒》。同宿舍的同学有许思玄，读英国文学书甚勤奋，我和他对床而坐，颇受他的影响。以后又转入震旦大学读法文，随即便爱上了法国诗，从龙沙、维雄到雨果，似懂非懂地乱读了一阵。中国古典文学，就此放下了。

1928 年到 1937 年，在上海做亭子间作家。职业是书局编辑，业余工作是写小说，翻译外国文学。阅读的也多是外国文学，偏重于苏联、东欧诸国和美国。读书没有计划，得到什么书就看什么书。知识面广了，眼界开了，可就是说不上研究。在周作人、林语堂的影响之下，也曾有一二年热衷于明人小品文，把公安、竟陵派的几十部诗文集看了一遍。

1937 年秋，到云南大学文史系教书，系主任分配给我的课程是大学一年级的国文、历代诗选、历代文选。我战战兢兢地接受了任务，努力备课，编讲义。上了几个月课，才知道过去光是读书，纵然读得很多，全不顶事。有许多古典作品，过去读过几十遍，自以为懂了，没有问题。可是拿到课堂上去一讲，经学生一问，就觉得有问题了。怎么办？要解答，就得研究。从此开始，我的读书方法才深入了一步。

在云南大学三年，有条件阅读了许多云南古代史文献，写下了一些札记。在向觉明的影响下，看了许多敦煌学文件，校录了十几篇变文。1941 年，到福建厦门大学任教，于是云南古代史和敦煌学的兴趣消散了。在厦门大学五年，由于厦大图书馆的藏书毫无损失，全部内迁，我着实看了许多书。给学生开了一门专书选读课，讲了一年《史记》，自己也写了许多《史记旁札》。读了七八十种宋人笔记及野史，抄录了所有关于词的资料，打算编一本《宋人词话总龟》。这两部没有完成的手稿，都在“浩劫”中损失了。

新中国成立初期的五六年间，我的业余时间都花费在外国文学的翻译工作，前后译出了二百多万字的东欧、北欧及苏联小说。1957 年以后，才重又回到古典文学的阅读和研究，主要是对唐诗宋词做了些考索工作。但就在同时，我的兴趣又转移到金石碑版。陆续写成了《水经注碑录》、《诸史征碑录》、《唐碑百选》、《北山楼碑跋》等十多种著作。这些手稿，在“浩劫”中也损失了一大半。

以上是我生平治学的一个大概情况。如果说“治学”就是“研究”学问，那么我实在没有“治”过任何一种学问，因为我的研究工作实在做得太少。不过我以为“治学”这个名词，意味着一整个过程。任何人都不会一上手就研究一门学问，必须有一个逐渐走向研究工作的过程。这个过程，我把它分为三个阶段。第一阶段是由浅尝到博览。对某一门学问开始感到兴趣，渐渐地一本一本找这方面的书看，熟悉了关于这一门学问的各方面情况，这是第一个阶段。既已熟悉了关于这门学问的各方面情况，在更广泛的阅读与思考之际，必然会发生问题。碰上了问题，就要自己去求解决，这才走上了第二个阶段，可以称之为“入门”。入门之后，你会觉得欲罢不能，索性把一切弄不清的问题弄弄清楚。于是不能不展开更深入、更广泛的探索，这样才到达第三个阶段，开始做研究工作了。

由于我个人性情急躁，没有耐性，缺乏锲而不舍的精神，再加上生活条件的不稳定，我治过许多学，可是都只走了两段路，没有完成治学的全程，因此，至今不名一家，在文学研究工作者中间，我只是一个“三脚猫”。

我把我的经验贡献给青年学者，祝愿他们审慎决定研究课题，一段一段地走完治学的全程，不要像我一样的见异思迁，半途而废。近来有不少青年学者，随便找一个课题，一上手就做研究工作，对这个课题的各方面情况，全未了解。这是没有基础的研究工作，不可能取得正确的成果。他们的毛病，恰恰和我相反。

1983 年 8 月 15 日于华东医院

十年治学方法实录

1980 年，我计划创办《词学》专刊，首先向夏承焘先生请求帮助，并请他赐稿。先生复函，热烈赞襄我的计划。他同意担任《词学》的编委和主编，并且说：近年来没有新著论文可供《词学》发表，但有数十年日记，都与词事有关，可以付《词学》刊载。我得信大喜，立即函请师母吴闻夫人陆续抄惠日记，以《天风阁学词日记》的标题在《词学》创刊号上开始按期连载。出版以后，很受读者注意。可恼的是，我编《词学》，虽然干劲十足，希望每年出版四期，可是碰上了牛步化的出版社和印刷厂。《词学》创刊号发稿一年，才于 1981 年 11 月出版。第二期到 1983 年 10 月才出版。1984 年 5 月看过第三期的清样，到今天，1985 年 1 月 15 日，还没有印出。吴闻师母给了我 1931—1932 两年的日记，我才给发表了九个月。前几天收到夏老寄赠一本《天风阁学词日记》，才知道夏老的日记已以单行本形式由浙江古籍出版社印行。我第一次翻阅这本印刷精良的《日记》，心头着实感到难过。我的《词学》如果能按我的意愿出版，从 1981 年到如今，至少已出版了十六期，夏老的日记，也该发表完了。而现在，两年的日记还没有发表完毕，十年的日记已印出了单行本。对于一个刊物编辑，岂不是一件伤心透顶的事。

但是我应当为读书界人士着想。夏老这部既有学术价值，又极饶趣味的日记，如果要断断续续地在我的《词学》上发表完毕，真会是“俟河之清，人寿几何”。现在单行本赶上前，使夏老十年治学的经验，早日送上读者案头，应该是一件大好事。我也不能不为此叫好。

这本日记忠实地记录了 1928 至 1937 年这十年间夏老的生活和治学方

法。我说“忠实地记录了”，这不是顺口恭维，而是夏老自己的论定。夏老在1916年日记的扉页上题了一首诗，有句云：“平生无甚难言事，且向灯前直笔书。”这个直笔精神，夏老是贯彻在他的六七十册日记中的。至于现在印出的《日记》内容，夏老在《前言》中也有所说明：“此十年，正值予作《唐宋词人年谱》及《白石道人歌曲斠律》诸篇。在日记中，多有读书、撰述、游览、诗词创作、友好过从、函札磋商等等事迹。今日回顾，雪泥鸿爪，历历在目。”这里，夏老已自己说明了他这部日记的内容及价值，我只要阐发一下就够了。

这部日记，总的说来，是文史研究工作者的方法指导书。《唐宋词人年谱》和《姜白石词编年笺证》是新中国成立后出版的夏老的两部词学巨著，是夏老数十年辛勤工作的成果。但是这两部书所提供的只是成果，读者不能由此看到这些果是如何成的。这部日记使我们看到了夏老取得成果的艰难历程。为了解决一个问题，夏老当年如何上图书馆，如何向师友们发信请教或借书；刚买了一部书，解决了一个问题，不到几天，又因看到另一个资料而推翻了。我跟着夏老每日晚上的记录，看到他的成果产生的过程，真是“历历在目”。

夏老很少游山玩水。日记中记游诸文，大多是因访友而游览，记游与记人往往融合为一。1931年5月游西湖赤山埠，访元代词人张伯雨结庐之浴鹄湾未得。过俞曲园墓，抄录了墓道石刻联语。游葛岭，访得宋词人孙花翁墓，有俞樾写的碑。1934年游南京、苏州，游览之间，亦多记词友往还之事。文字甚俊，但这是学者的游记，不是钟、谭、三袁的山水小品。

日记中最可贵的部分是关于许多词坛先辈的记述。马一浮、金松岑、吴梅、郑文焯、况蕙风、朱祖谋、张尔田诸家的遗闻轶事，或名言隽语，一经夏老点染，遂为不朽，否则后人皆无从得知了。我以为这一部分，可以目为“词林外史”。有许多条，还可以入《今世说》。

保存一代词家的论学书札，也是这部日记的一大善业。日记中所载有吴梅、张尔田、金松岑、朱祖谋等数十人的书信，都是珍贵的文献。我从前看周亮工的《尺牍新钞》，常以不得同时见对方的书信为憾。选录尺牍，最好能兼收往还双方的函件。夏老把自己和师友的往还书信都记入日记，对读者便更有意义。

我国的日记文学，开始于宋代。陆放翁的《入蜀记》，恐怕是最早的旅行日记。连续数十年的日记，恐怕开始于李慈铭的《越缦堂日记》。但是我并不喜欢《越缦堂日记》。我喜欢的是王闿运的《湘绮楼日记》，因为作者居然把他在旅途中闯进尼庵里去看尼姑的事也记了进去，这部日记就不同凡响了。其次，我还喜欢过叶鞠裳的《缘督庐日记》。这是 1959 年劳动之余看过的。我和这位叶公是玩碑的同志，他的日记是石刻收藏家的专业日记，对于我收聚碑版的工作，大有指导。近年来，我喜欢谈词学，读了夏老的日记，颇有相见恨晚之感。因为我也老了，这部日记对我已无能为役，可惜！

我写这篇文章，有三个意图。第一，当然是为夏老此书捧场。毋庸讳言，现在的出版界和读书界，都似乎不很敏感，即使一本好书的出版，也需要做些宣传工作。

第二，是我的主要意图。现在大学文科，尤其是古典文学专业的研究生，在学二年或三年，主要的研究工作是写一篇硕士或博士论文。导师的工作，主要是指导论文的写作，也就是指导了研究工作。根据我自己带研究生的经验，感到现在的研究生写论文，几乎是被动的。不是他自己要研究一个课题，而是我分配给他一个研究课题；不是他自己去做研究工作，而是我给他安排好工作进行程序。这样培养出来的研究生，我怕他们毕业以后，未必能做独立的研究工作。夏老这部日记，可以说是一位文科学者进行研究工作的实录。我把这部日记推荐给文科大学生，研究生，以及高兴做文史研究工作的青年业余学者，愿他们从夏老的日记中学会做研究工作的方法。

第三，我想用这篇小文来推动一下日记文学。在新文学疆域里，我们只有一部《鲁迅日记》，此外都是些短时期的旅游日记。近年来发表了朱自清的日记，也很好，只是还没有印出单行本。我希望我们新一代的作家、学者都坚持写日记，使我们未来的文苑里有更多的日记文学。

1985 年 1 月 14 日

全集·文集·选集

汇集一个作家的作品，编成集子，大约开始于晋宋之间。一般都是作家逝世后，由朋友、弟子或子孙编辑的。到了唐代，才有诗人白居易和元稹自己动手编定诗文集。

作品收罗齐全的，称为“全集”。但是，谁能说他的编辑工作已毫无遗缺吗？因此，“全集”这个名词，用得极少。《四库全书总目》中，称“全集”的只有宋代的苏轼，明代的末濂、杨慎和杨士奇等五六种。其实这都是书商的宣传用语。朱熹的文集名为《朱子大全集》，尤其显然是书商竞争的广告辞汇。你出“全集”，我出“大全集”，说不定还可以出“最最全集”。

“文集”这个名词，现在专指散文的结集。但在古代，散文、韵文都是文，所以“文集”中也兼收辞赋诗词。唐代以前，没有称“文集”的，一般只用一个“集”字。例如《陶渊明集》，就是陶渊明的诗文集。

从昭明太子的《文选》开始，出现了“选集”。一般都是选录许多人的作品，或是一个流派，或是一个时代。但书名用“选”字的，《文选》以后，一直要到宋代才有王安石的《唐百家诗选》和佚名的《圣宋文选》。至于专选一个人的作品，而以“选集”为书名的，恐怕是现代的新事物。

以上是这三种编集名词的传统意义，历代作家和书商都明白无误。可是最近我看到老舍的儿子舒乙在香港和访问者的谈话，才知道这三种集名已产生了新的意义。舒乙说：“中国现代文坛中，出全集的只有鲁迅一个人，剩下的人都是文集。文集有点全集的意思，但没有那么全。……当时出了五个人：巴金，郭沫若，茅盾，郑振铎，瞿秋白。有第六个人，这第六个人就是老舍。有文集待遇的是这六个人，其他人连文集也没有资格，只能出选集。前面五个人都出了，老舍拒绝了。”

这一段谈话，真是一个爆炸的信息，它使我怅然若失。前几年，有一二家出版社的编辑来组稿，我偶然表示希望他们给我的全部创作小说印一个全集。因为我只有十年创作生活，全部作品不到六十万字。索性一起重印为一本，可以应付来索取的青年文艺工作者。岂知编辑同志却沉吟不语，终于吞吞吐吐地说：“还是出个选集罢。”当时我心下纳闷，沈从文，张天翼的选集都有一百多万字，已超过我的“全集”，为什么我的寥寥六十万字还不能全部印出呢?

现在我才明白，原来我们的出版界有一条心照不宣的不成文法：第一流作家可出“全集”，第二流作家可出“文集”，第三流作家可出“选集”。以下就是不入流的作家，他们的作品只能出单行本，任其自生自灭。我的作品，被允许可以出“选集”，已经是高攀了。

这位舒乙世兄所讲的，恐怕还是50年代的事。现在，作家的级别似乎已有调整。“全集”权利已不是鲁迅所独享，“文集”权利已略有升降，“选集”的尺度似乎已放宽了不少。但这三个名词的级别含义，却依然未变。而这个含义，在《辞海》、《辞源》中都找不到。如果有人编《当代文学辞典》，我建议应该列入这三个名词的条目，使后世读者一看书名，便知作者的级别。

1985年7月15日

重读“二梦”

近日重读张宗子的《陶庵梦忆》和《西湖梦寻》二书，文章写得真好。五十年前，我初读此“梦”，乃如大梦初醒，才知天地间还有此等文章，非但《经史百家杂抄》一时成为尘秽，就是东坡、放翁的题跋文字，向来以为妙文者，皆黯然减色。五十年来古今中外，文章看了不少，自以为很懂得一点为文之道。唐宋八大家，被我一一淘汰，只有韩愈、王安石二名可以保留。曾南丰文章枯瘁，如尸居余气之老人。欧阳修词胜于诗，诗胜于文。其他如丑女簪花，妖娆作态，而取譬设喻，大有不通。等而下之，桐城诸家，自以为作的是古文，而不知其无论如何，还在八股牢笼中，死也跳不出来。公安、竟陵，当年奉为小品魁斗，后来愈看愈不入眼。大抵三袁之病，还在做作；钟谭之病，乃在不自知其不通。

独有张宗子此二“梦”，还经得起我五十年读书的考验。近日重读一遍，还该击节称赏。张宗子与李笠翁，都是讲究生活艺术的人。笠翁写了一部《闲情偶寄》，记录了他的艺术生活。但是文章还不及张宗子，结果是把生活艺术写得艺术脱离了生活。换一句话说，他写的是供应别人的生活艺术。张宗子写生平所见所闻山水、园林、美人、名士、风俗、民情、土宜、节物，无不生动，无不有情有味，亦无不从他的生活中出现。他写《金山夜戏》，写《秦淮河房》，写柳敬亭，写王月生，都是《梦忆》中绝顶聪明的文章。《梦寻》五卷，题目较呆板，文章写得也较拘束，但写西泠桥，写水乐洞，写冷泉亭，写西湖香市诸篇，也仍非中郎、小修可能企及。

不过，这回重读二“梦”，却看出了张宗子一点毛病。《韵山》一文，写他的祖父常恨《韵府群玉》、《五车韵瑞》等书内容寒俭，因此积三十年之力，编了一部《韵山》。后来看到胡青莲的父亲从宫中取出的三十本《永乐大典》，才觉得“书囊无尽”，而自己的工作却如“精卫衔石填海”，于是“辍笔而止”。《永乐大典》在明代，始终藏在宫中，未闻有三十本被盗出宫的事。《永乐大典》虽然按韵目编次，却是一部大规模的丛书，不是一部辞书。张宗子祖父编的《韵山》是一部辞书，怎么能与《永乐大典》相比？由此可知张宗子实在不知道《永乐大典》的性质与内容，文章虽好，却漏了底。

又，《水浒牌》云：“吴道子画地狱变相，青面獠牙，尽化作一团清气。”按“变相”即画像，此“变”字不作“变化”解。陶庵以吴道子画地狱鬼卒，不作青面獠牙相，遂以为这就是“变相”，可知此老又未识得这个“变”字。

吹毛求疵，举此二事，亦无损于陶庵文章之美也。

1986 年 10 月 5 日

祠庙·宫观·庵寺

近来看了几本古典文学读本的注释，发现有一种旧社会的情况已不为当代青年所了解。例如刘禹锡的诗“玄都观里桃千树”，注释道：“玄都观是道家的庙宇。”又有一本书的注释中有“和尚庙”这个语词。可知“庙”字的意义，有些人已不很清楚，连类而及的“祠”、“观”、“寺”等字，似乎也很少人能区别，连大中学校的某些语文教师，也未必能讲得清楚。

我国古代，从皇帝到士大夫，都有祭祖宗的祠庙。庙的级别高，皇帝家祭祖的建筑物叫作太庙，这是至高无上的庙。颜真卿家历代都是大官，他有家庙，是祭颜氏历代祖先的地方。颜鲁公写的家庙碑，现今还在。一般士大夫祭祀祖先的建筑物，称为“祠”，俗称“宗祠”或“祠堂”。山东嘉祥有武梁祠画像石刻，是汉代武家祠堂里的壁画。汉碑有李孟初神祠碑，张公神碑，是李氏、张氏祠堂的碑记。人死为鬼，鬼升级为神，子孙不忍说已死的祖或父是鬼，所以称之为神。祠堂里有每一位祖先的牌位，写着“×世祖××公之神位”或“先考××公之神位”，就是这个神字。

成都有一座先主庙，是祭祀刘备的。刘备是蜀汉开国之君，他的庙是蜀汉的太庙。另外有一座后主祠，是祭祀后主的。这位小名阿斗的刘禅是一个亡国之君，死后居然还有人纪念他，为他立祠，但没有资格称为庙了。杜甫诗云“可怜后主还祠庙”，这个庙字是凑足七字句，没有原来的意义。

祭圣贤、忠臣、烈士的建筑物，也称为庙或祠。帝王一级的称为庙，孔子是“大成至圣先师”，关羽死后封为帝君，岳飞死后封为鄂王，都是帝王一级，所以有孔庙、关帝庙、岳王庙。湖北有黄陵庙，是奉祀舜的两位妃子的，当然也与帝王同级。其下一级，如杜工部祠、屈子祠、苏文忠公祠，就都只能称祠而不能称庙了。

还有民间崇拜的传说中的神，国家规定要祭祀的山川之神，也都有专用的祠庙。五岳四渎，是国家规定的神庙，其中以东岳庙最为普遍，每个县城都有。因为东岳有泰山府君，它是专管人的生死的。佛教兴盛以后，泰山府君被阎罗王夺了权，于是各地东岳庙里的塑像，都被误认为阎罗王了。

民间自己建造的，有山神庙、土地庙、蛇王庙、羊头庙、瘟神庙等等。有些庙小得很，连一个人都钻不进去，例如江南各地的五圣庙，可是老百姓居然也尊之为庙。这些都是未经朝廷批准的，称为野祀、淫祠。

管庙的人，称为庙祝。祝就是巫师。因为来祭祀的人，都要有所占卜例如求签、起课、掷珓，需要有巫师讲解。这种职司，近代都由道士担任。但祭祖先的祠庙，还是由本姓家族管守，不用道士。

隋唐以后，道士的修炼之处，称为道院。道院有宫观二等。由朝廷建置的称为宫。四川有青羊宫，广州有玉霄宫，余杭有洞霄宫，都是宋代著名的道宫，这些道宫的主管者，都是退休的大官，挂一个"提举某某宫"的名义，领一份比退休工资高的俸禄。下一级的称为观。唐代女诗人鱼玄机是长安咸宜观的女道士。玄都观因刘禹锡的诗而著名至今。北京的白云观，苏州的玄妙观，是元代著名的道观。

总之，祠庙是祭祀鬼神的地方，宫观是道士供奉玉皇、老君、列仙的地方，也是修道的地方。庵寺是佛教徒供养释迦牟尼及诸佛菩萨的地方，也是参禅唪经的地方。祠与庙，宫与观，是等级的区别；庵与寺是男女区别。现在一般人都不清楚这些区别，把一切都称之为庙。上海人把玉佛寺、静安寺、龙华寺都称为庙。杭州人也把灵隐寺、净慈寺称为庙。从前各地的集市，都在东岳庙或城隍庙，故曰庙会。现在佛寺里的集市也叫作庙会，这也是错的。这些错误，在一般人的语言中，已成习惯，不用挑剔。但作为一个语文教学工作者，在学术性的著作中，或报刊论文中，我以为这些名词的概念必须弄清楚。不要再说和尚道士都在庙里。

1984 年 10 月 22 日

堂名的起源

有一位滁州读者，读了我的《祠庙·宫观·庵寺》，以为有益处，来了一封信，希望我再写一篇文章，谈谈中国各种堂名的起源和演变。他列举许多堂名，要知道这些“堂”的根在何处何时。

堂名的起源和演变，比较单纯，只要知道“堂”字的意义就可以意会。许慎《说文》注解“堂”字道：“殿也。”可知堂就是殿，一切高大而明亮的屋子都叫作堂或殿。古代人家住宅正中向南的一间叫作明堂，这个名词现在宁波还在用。明堂是整个住宅的正屋，也叫作堂屋，平时是空着不用的。有客人来，请客人在堂屋里坐，这时它就是客堂。在这里办婚事丧事，它就成为礼堂。老秀才开设私塾，收几个学生在这里进行教学，它就是讲堂、课堂。

堂的后半间叫作室。现在上海人叫作后客堂。在封建时代，男女之别就在这前后半间。妇女平时都在后半间，这是她们的起居室，堂在外，室在内，所以叫作内室。丈夫称妻为内人、室人，都是由此而来。内室的对称词是堂前，这个名词现在有许多地方也还在使用，弹词小说常常有“太夫人移步出堂前”的句子。太夫人平时是在后堂的，有重要事情，她才来到堂前。

堂与殿，在汉代还是一般通用的名词。我有一块汉瓦当，文曰“马氏殿当”，是马家堂屋上的瓦当。可见人民家屋的正屋也可以称为殿。汉代以后，殿和堂分了级别，皇宫里的正屋叫作殿，宗教正屋也可以叫作殿，例如大雄宝殿、玉皇殿，也属于帝王级别。人民住宅的正屋只能叫作堂。皇宫里的不作朝会之用的正屋也叫作堂。

大建筑不止一所正屋，无论是殿是堂，都需要各立名目，以为区别，于是有了堂名殿名。西晋时，洛阳宫中有则百堂、延禄堂、仁寿堂、乐昌堂等名称，这是最早见到的堂名记录。唐代宰相裴度在退休后起造了一座住宅，有著名于文学史的绿野堂。士大夫住宅之有堂名，大概开始于唐代。以后，有许多人家，用本姓的典故来作堂名。杨家有四知堂，是用“天知地知，子知我知”这个杨震的典故。王家有三槐堂，是用北宋王祐家的故事。周家有爱莲堂，是因为宋代道家学周敦颐有一篇《爱莲说》。

从宋代开始，文人喜欢用堂名作为别号。但堂名总用两个字，而用作别号，只用一个字。郭沫若别署鼎堂，鲁迅用过槐堂，周作人用过知堂，林语堂干脆成了正式的姓名。

私人开店，就以自己家里的堂名为店名。庆余堂是胡雪岩家的堂名，他开药店，就名为胡庆余堂。由此可知，凡用堂字为名的店铺，都是私人独资企业。发展到私人合股企业，就改称公司。而现在的公司，又已发展而为人民的集体企业了。

1984 年 11 月 22 日

我写《唐诗百话》

从 1937 年起，我中止了文学创作，一直生活在古典书城中。这是职业改变的结果，倒不是“江郎才尽”，写不出东西来了。要说写作，我的主观愿望，宁可写小说，而不想写什么学究气的研究论文。我的古典文学知识，只够应付教学，谈不到研究，因而也从来不想写关于古典文学的文章。但是，经常会有一种苦闷。在大学里担任了十多年教学工作，每逢填写表格，在“有些什么著作”这一格中，我总感到无法填写。我的著作，只有五本小说集，两本散文集。这些都不是学术著作，填写上去未免给“教授”职称丢脸。1957 年以后，幸而被剥夺了任何著作的出版权利，也不再要我填表格，这样混过了二十年，倒也心安理得。

三中全会以后，精神上和生活上都获得第二次解放，表格也接着来了，还有人邀我去参加各种学会。这一下，我的苦闷也回潮了。怎么办？该写一本关于古典文学的小书出来充实充实表格了吧？于是，在 1977 年的一个冬天，上海古籍出版社的陈邦炎同志来找我，希望我提供一二种出版物。我才下决心写一本关于唐诗鉴赏的书。当时就拟定了书名《唐诗串讲》，约期一年交稿，让出版社列入 1979 年的出版书目。

1978 年，我用全力来写这部书稿，到年底，写成了五十篇。关于唐诗，过去也曾写了一些文字，但都是课堂教学用的讲稿。我早知道，我只会写讲稿，因此，书名就标明“串讲”。五十篇写成，自己读一遍，果然，讲稿气味很浓。我感到有点扫兴。另外，五十篇只写到中唐诗人，似乎本书还没有全。于是，一边修改成稿，一边继续写下去，1979 年，只写了十多篇。

两年的写作，我对唐诗的认识有了转变。我才知道唐诗也该用研究方法去鉴赏。过去，包括我自己，只是就诗讲诗，从诗的文学本身去理解和鉴赏，因而往往容易误解。一个词语，每一位诗人有他特定的用法；一个典故，每一位诗人有他自己的取义。每一首诗，宋元以来可能有许多不同的理解。如果不参考这些资料，单凭主观认识去讲诗，很可能自以为是，而实在是错的。

1980 年到 1982 年，杂务太多，又出门旅游，开会，只能抽暇修改了一些旧稿，新写的只有二三篇，没有时间，也没有兴趣写下去了。1983 年，生了一场破腹开腔的大病，在医院里住了十八个月，居然不死。1984 年 9 月，出院，回家，身已残废，行走不便，只能终日坐着。这就给我以安心写文章过日子的条件。我立即继续写下去，到 1985 年 6 月，写满了一百篇，总算大功告成，放下了一个重负，履行了对出版社的诺言，虽然已愆期交货。

现在看来，这部书比较的像是一种新型的诗话，因此，改名为《唐诗百话》。我曾有一百首欣赏碑版文物的绝句，名为《金石百咏》，1979 年在香港《大公报》发表。又选定了一百块书法佳妙的唐碑，加以叙说，名为《唐碑百选》，从 1981 年起在香港的《书谱》双月刊发表。现在加上这本《唐诗百话》，可以说是我在三中全会以后贯彻了自己的“三百方针”。遗憾的是，我已退休，没有表格需要填写了。

《解放日报·读书》专刊的记者来访，要我写一篇文章，谈谈《唐诗百话》。我就把我的情况汇报如上，响应巴金同志号召，句句是“真话”。

1988 年 2 月 6 日

读报雌黄

前几期《团结报》有人呼吁开设语文病院，今天又见到吴小如同志的文章，可知目下在报刊、文书上显示出来的语文使用现象，反映了当前社会文化水平的低落。我在七八年前，曾在上海《新民晚报》副刊上开设过语文病院，每星期将见到的语文病象举例给予治疗。但似乎不起作用。我指出过的语病、错别字，至今还在流行。治愈一个病人，无法杜绝其他许多病人照样发病，这是大幅度的“瘟疫”，传染迅速，扑灭极难。如果不是文化部、教育部以法令形式来号召整顿，恐怕已是毫无办法的了。

现在的语文病象，首先是，也多数是从简化字造成的。青年人已不能知道每一个汉字的正确意义。他们写字，不问字义，只要音同就行。不辨字形，写字只有一个轮廓。“帘”与“簾”，“雲”与“云”，“并”与“並”，都已合而为一，青年人已不能了解其区别。唐诗“美人相并立琼轩”，使人惊异。两个美人合并为一个美人了吗？排繁体字的古典文学书中，“诗云”有排成“诗雲”的，“六幺令”变成“六麽令”，校对和编辑都不能校正。“风”与“凤”是排印错误频率最多的，连作者原稿上这个字也不易区分。“尸”字早已明令不用，但近来还见于大幅广告的特大美术字中。“尸销”，我常常认为“已销”。简化字的流弊甚多，不能长此贻误下去；必须重新清理。去年我向文字改革委员会上过一个意见书，照例是石沉大海。

汉字常有因词不同而读音不同的。“食”字有时应读成“饲”字，轻重的“重”与重复的“重”读音不同，校对，上校的“校”字与学校的“校”字读音不同，“行”字有“形”，“杭”（平声）“杭”（去声）三种读音，现在连中学语文教师中也有许多人不能区别了。

读音错误的现象非常普遍，有许多是因读音错误而写别字的。举几个最近发现的例子，“殒命”误成“损命”，“此中三昧”误成“此中三味”，“神秘”误成“神密”。前二例都见于大字标题，老年读者，见之愕然；青年人却有不知不觉的。

有几个误用已一二十年的语词，似乎已约定俗成，没有人发觉其为错误的了。有一个湖南人偶尔把“宁可”写成“宁肯”，从此大家遵用，现在竟没有人写“宁可”，甚至反而以“宁可”为错别字了。“片段”与“片断”，也没有人能正确区别。“片段”都已写成“片断”，连几位杂文老手的文章中，也相承而误。谁也不想一想，“断”字绝不能作名词用。“片”字在电台广播员、电视报幕员的声音里，久已读成“篇”字音，幸而“片儿汤”还是“片儿汤”，天津馆子里的老堂倌似乎还能继承汉字读音传统。

“主顾”是买主和顾客的合成词，是一个人。最近见到一条社会新闻的标题：“为争一荔枝，主顾吵不休。主推顾跌倒，轮下险丧生。”原来记者把“主顾”理解为买卖双方了。

还有一些成语，近年来出现了不可理解的错误。最多见的是“不告而别”。使用这句杜造成语的作者、记者，似乎谁也不知道“别”字的意义。“别”是两个人的事，既然分别，可知双方都已知道这回事，怎么还会“不告”？这个成语的原形是“不别而行”，不知哪一年哪一月，有人误写成“不告而别”，于是大家以为新词语，盲目地跟着用了。此外，还有不少例子：“引俊不禁”、“谈笑风声”、“直接了当”、“畏罪逃循”、“厂开供应”。还有一种现象是误用成语，近来我收集到两个较突出的例子：有一篇报道中用“另起炉灶”，我看不懂。揣摩作者的意图应该用“另谋高就”。还有一篇小品文中原该用“默尔而息”，作者却用了“默默无闻”。

还有一个现象是杜造别字的合法化。搔痒的“搔”字，本来是个俗字，本字应当是“抓”字。现在“搔”字又普遍地误成“瘙”字，有一位医生写了一篇文章：《谈谈瘙痒症》，大字标题。这个“瘙”字已收入《新华字典》，注云：“皮肤发痒的病。”请问读者：你听到过“瘙伤”没有？

"家父"、"家母"、"家兄"，这样用法的"家"字，都是谦词，属于礼貌语，意义是"我家的"、"我的"。可是现在许多人都讲作"他家"的父、母、兄。有一段新闻记事，作者说他送"家父到医院"，这"家父"是指邻居朋友的父亲。有一位医生发表一篇文章，题目是：《家母患中风，为儿须早防》，这是指一切人的母亲。

"遗孀"是一个很不礼貌的语词，没有尊敬的意味，新中国成立前，新闻记者极少使用，一般只用于"该犯之遗孀"这样的场合。近来新闻记者却常用于任何人的寡妻。邓颖超同志去年已指出过，不要称她为周总理的遗孀。不过她只说自己有自己的人格、身份、地位、事业，不从属于周总理，故希望记者不要再用这个名词。这是她说得委婉，没有直斥新闻记者用词轻薄。因此，至今我们的记者还不领悟，还在用"布哈林遗孀"、"刘含章遗孀"。为什么连"之妻"都不会用？用"夫人"似乎更舍不得了。

新闻记者和报纸编辑应当学会做标题。标题都用大号字型，读者翻开报纸，首先就看标题。标题好的，能引人入胜，标题有误字，或意义不明，甚或文字不通，都是一张报纸的重大缺点，常常是当天就为读者茶余酒后的笑话。今年我看到两个倒数一级标题：

（1）漫议称"兄"之谓。

（2）已故政协委员和知名人士夫人近200人出席。

另有一种现象，反映了作者和编者都欠缺文化史常识。有一篇关于莼菜的小品文，作者说，"秋风起而思莼鲈"，是周瑜的故事。

又有一篇报道，说敦煌石窟开凿于"东晋太和二年"。这就不是语文问题而是文化水平问题了。

1988年8月1日

再说“坐”

前儿天《新民晚报》的副刊上有人谈起“停车坐爱枫林晚”的“坐”字。诗句的原意是：“因为爱看枫林晚景，所以暂时停车，在这里耽一会儿。”这个“坐”字的用法，在现代语文中早已消失，所以很少人能懂得了。讲罗敷故事的那篇汉代乐府《日出东南隅行》，在大中各级学校语文教材中都选了。其中“归来自相责，但坐观罗敷”这一句中的“坐”字，早已有中学教师或大学讲师讲作“坐着看罗敷”了。

这个“坐”字，恐怕连清代的老秀才也已经不懂。乾隆年间，纪容舒作《玉台新咏考异》，在沈约的一首《咏少年新婚》诗中二句：“莫争三春价，坐丧千金躯”底下注曰：“坐丧二字未详，疑或有误。”这首诗编在卷五，在此以前的几卷中，用这个“坐”字的诗句已有过不少，例如“但坐观罗敷”、“坐惜红颜变”、“怃然坐相思”。大约纪容舒把这些“坐”字一概讲作“坐着”。坐着看，坐着惋惜，坐着相思，都讲得通，所以没有疑点。及至碰到“坐丧”，他感到无法讲作“坐着丧失”或“坐着办丧事”，于是只好老实承认他不懂，怀疑文本有误了。这个注，使他的语文水平漏了馅。

古代文学作品中的单字或语词，常常是从一个最初的本义逐渐衍变出许多新的意义，这些新的意义，又常常是用过一个时期，又停止不用了。《辞源》、《辞海》只是把一个单字或一个语词的多种意义分开来逐条解释并举例，但对于各种意义的演变系统，却往往不能说明。所以，我们很希望有一部详赡的《汉语语源辞典》。

阅读古典文学作品，碰到这一类单字或语词，必须多找例子，从许多同样用法的句子中，经过比较研究，才易于获得正确的解释。这个“坐”

字，确是一个很调皮的字，“但坐观罗敷”的“坐”字，其实也就是“坐罪”的“坐”字。例如“坐贪污罪”，就是因贪污而被判罪。许多人因贪看罗敷而荒废了农作，于是互相责怪。这个“坐”字又可以讲作责怪，批评。而且干脆可以用“罪”字来代替。

“坐惜红颜变”，“怃然坐相思”，这两个“坐”字就应当讲作“徒然”，但是，这个意义也还是从“因为”、“由于”衍伸而来。只有鲍照诗“坐视青苔满，卧对锦筵空”，这里以“卧”对“坐”，这个“坐”，就只能是坐立的“坐”了。

坐立的“坐”，怎么会产生“因为”、“徒然”的用法？这就需要作字源研究了。

1989 年 8 月 30 日

关于潮州唱本的通信

薛汕同志：

近来我和一个潮州青年通信，谈到潮州唱本，才知道潮州人称为“歌册”。这个名词，似乎赵景深和谭正璧都不知道。谭正璧只说是“潮州歌”，而且他似乎以为也是“木鱼书”。

潮州青年把你的《潮州歌册选序》寄给我，才知你已在从事“歌册”的保存工作，因此，使我写此信给你。

1955 年，上海到了一大批潮州歌册，我和谭、赵二氏都买了不少。我买了 140 种，1956 年转给华东师大图书馆，大约至今还在，我留下了一个油印本目录，可惜其中也没有《苏六娘》。

关于“歌册”的讲唱情况以及有关各种名词，我最近也知道了一些，我希望你选集中要附一个有关“歌册”俗唱情况的记录。不单是“歌册”之本，例如有“卷歌”与“半卷”之别，还有所谓“全歌”，是什么意思？

我不赞成你的改写法，我主张保存原来方言及俗字，另加注释。

随便想到，写了此信，天气奇热，不能多述，便问好。

施蛰存

1988. 7. 18

【附录】

施老：

您来信谈到“潮州歌册”，《序》早发表，但“选”稿还在出版社的柜子里。“歌册”在潮州，人人均懂，已成曲种的专称。但谭老改用“潮州歌”，这点，我在1985年出版的《书曲散记》一书已作说明，我仍用“歌册”。奇怪的是，《中国大百科全书·戏曲、曲艺》卷，我曾参与其事，也审过“词条”，原作“歌”，改为“歌册”，统统被取消，既不调查研究，又不听深知这方面的人的意见，可悲之至！

您说1955年购到大批“潮州歌册”，此事很有趣。那时我在首都图书馆，南下访书，见还有二屋子韵木刻版，乃建议老板印刷，我愿负责代订销三份。这样，北京图书馆和首都图书馆都得全份，我自己一份。老板乘此多印了些，在各地自行推销。这件事做得不坏，十年浩劫，木刻版全烧毁，现在潮州倒找不到全份，好在外地都有，没有绝迹。

我对潮州歌册的整理，方言除注释外，可以用普通话代替的字或词，只作个别改动，其余照旧。您提到的“卷歌”，指“一部之歌”；“半卷”，指“半部之歌”，如上、中、下卷，仅有其一，就叫“半卷”；“全歌”，指“全部之歌”。至于《苏六娘》，是一部好歌册，有些上年纪的还会背唱其中片段；戏曲已有剧本，但唱本一直搜集不到，恐怕只有登广告才济事了。

谢谢您。

薛　汕

1988年8月18日北京

为书叹息

我是读书人。我的职业要我读书，我的业余工作也要我读书。我的读书，虽然是被动的，但被动惯了，也会有主动因素。书看多了，对于书的情况，无论形式或内容，心目中已有个谱。过去，我每次拿到一本书，翻翻前面几页，看看目录，再略为看几页最后面的文字，这本书的情况，就约莫可知。因为写作一本书，编辑一本书，印刷一本书，都有传统，都有规格。符合这些传统和规格的书，除了文字内容的思想性和知识性尚不可知以外，作为一本书，一件文化工业的产品，文化商业的货品，都没有问题了。

但是，最近四五年来，我看到过不少书，似乎已失去了作为一本书的传统和规格。这就常常使我望书兴叹。本来，写书的人，编书的人，印刷、装订书的人，这三种人，都是“做书的人”（BookMaker）。做书也是一项文化艺术。如今，这种艺术似乎也在衰退。

现在，我要为书叹息，也有为书呼吁之意。

先说一般的书。我觉得，最大一个缺点，是在一本书的正文中，找不到书名。一本书，如果丢失了封面、里封面和版权页，就不能在别的地方找到书名及其作者名了。但这一情况是新中国成立以后就有了，并不是最近几年出现的。我有几本苏联小说的译本，给红卫兵抄去后，发还时已失去了前后七八页，我至今记不起书名是什么。新中国成立前出版的书，每页都有书名。直行排的在书口，横行排的在书眉。短篇小说集则每页上都有篇目。这样，就使读者方便得多。

近来，连里封面也没有了。印刷讲究的书，封面之内，有一张扉页，或称飞页，印着图案。这一张二页，原本是硬面洋装本书中用的，是为了制本的方便。现在平装本书中也采用了，作为装饰品，也不坏。但是，我发现，有些书，就利用这一页，印成里封面，而省去了正文前的一页至关重要的里封面。这样，这本书就不伦不类，不合规格了。

目录页，也是一本书的重要成分。有许多篇或许多章节的作品，固然都有目录页，但一整本长篇小说或专题论著，现在却往往没有目录页。其实，每章每节，即使没有题目，也应当有一页目录，使读者便于检得某一章的起讫页码。

目录与序文的地位，现在也显得很乱。有些书中，里封面之后，先是序文。序文之后，是目录。目录后，才是正文。有些书，则目录在前，序文在后。这样的次序，都可以。不过序文在目录前的，目录中还应当列入序文题目及作者名。有些书，序文在目录前，而目录中没有序文题目，这就不合规格了。序文和正文的页码应当分开。序文的页码应当自为起讫，不应当和正文连属。有一本书，序文的页码是1，正文第一章的页码也是1。这就使我糊涂了。查查这篇序文，共有八页。那么，按照规格，序文的页码应当是1—8或换一种字体，例如Ⅰ—Ⅷ。多数外国书都是这么办的。

封面是一本书的仪表，它必须具备的条件，首先是书名及作者名，其次是出版单位。如果是一套丛书，或说一个系列中的一本，还应当用封面图案或其他标志来表明。我常常看到有些书，书名的字很大，有些是草书，有些是很难看的书法，但都是名人题签。封面上只见写书名的人的名字，还有一颗硃红大印。而本书作者的大名，却用小字印在边角上。

有许多书封面上还给书名印上国语罗马字拼音，帮助读者能正确读出书名。不过我不理解，为什么正文底下不注拼音字母呢？难道这本书的买主不认得书名而能看懂全书正文吗？

书脊的重要，仅次于封面。当你到书店里去访书，或向自己书架上取书的时候，你会知道，书脊比封面更重要。走进书店，看看有什么可买的书，玻璃柜子里平放着的是少数几本新出的书，你可以看到封面上印的彩色版裸女或半裸女画像或照片。其他绝大多数书都直立在书架上，你只能看到书脊而不是封面。你站在柜子外面，隔着一个柜子，还要加上书柜与书架之间的距离，你要看清一整排书脊上印的书名，许多人需要带一个望远镜。这时候，书脊如果是白纸黑字，你还比较容易看清楚。如果书脊是黑地红字或绿字，你就无法看清书名。一本二三百页的书，书脊上的书名尽可用二号字印，可是有许多书，虽然很厚，书脊上的书名却用四号字印，使你更无法看清。

以上是一般出版物的缺点，往往使我叹息。但这还是属于书的外形，有些缺点，还不至于影响我的使用。近年来，我阅读或使用得最多的是古典文学书。有古书新印本，有古书研究著作，还有古典文学赏析辞典。我国的古书，浩如烟海。有些书，新中国成立以来，没有重印过，例如《四部丛刊》、《丛书集成》中的许多书，还有不少书，从来不曾有过铅字排印本，现在尤其应当重印，否则现存的少数木版原本，恐怕要不了几年，就会全部亡佚。全国各地的古籍出版社，已在注意到这一情况，每家都重印了一些久已失传的古书。这是功德事，应当赞扬。不过，这些书中，也往往有美中不足之处。古人刻书，最重视版本源流。读者从这个刻本的各篇序跋中，可以了解这部古书的源流变易。现在有些新的重印本，删掉了历代编刻者的题跋，换上了新的序言或“出版说明”，也不交代版本源流，这就使做研究工作者感到不方便。有极少数重印的古书，把正文全部改编，而仍用原来的书名，这样处理，更不妥善。我以为重印古人著作，有两个不同的目的：（一）为保存文献资料。做这个工作，就应当照原本印，不删、不增、不改。（二）为供应一般读者阅读。做这个工作，不妨大幅度改编原书。例如《东坡七集》，可以打通改编，但仍需要一个原本。近来有几家出版社，用原书影印的办法来做保存文献资料的工作，我以为是最适当的。

排印古书，要加标点，这又是一个问题。从 1930 年以来，所有的古书排印本，没有标点错误的，恐怕一部也没有。标点错误最多的是引号。古人著书，引用前人的话，往往但凭记忆，很少照原文抄录。引文之下，往往接上自己的话。因此，引文经不起核对，下半个引号不容易落笔。我标点古书，特别是宋元明人的杂著，下半个引号常常不知应当放在哪里。因此，我想建议，标点古书，只要断句，而不用引号。

文史哲方面的学术研究著作，必须附一个“引用书目”或“参考书目”，交代你的研究过程中涉猎到的范围，对你自己的研究成果负责。外国学者的著作，都有这种附录。而中国出版的学术研究专著，大多没有这种目录。这可以说是没有养成这种优良传统。

最后，还得提出学术研究著作中的剽窃现象。一个态度严肃的学者，在他的著作中，一定会明确地提出他自己的新观点，新理论。这种新观点，新理论，必须是未经人道的。我看过几种文史研究著作，作者很自负地提出了他的新观点，但我知道他的观点早已有人讲过了。有一位历史教授，在一次学术讨论会上，发表了他对古史研究的一项新的成果。他自己的文章还没有发表，他的研究成果已被一位青年学者写入自己的书中，作为他的创获了。那位历史教授愤怒之余，打印了几十份控诉书，向史学界散发，表示抗议和检举，但无补于事。学术乃天下之公器，你能得出这个成果，难道我就不能得出这个成果吗？科学技术，有发明奖，有专利权，唯独文史哲都是纸上空文，新观点，新理论，没有保障，任何人都可以据为己有。这一类情况，近来不少，唯一的办法，只有端正学术风气，希望新一代的学者，重视自己的工作和名誉，不要掠人之美。

外国文学的译本，近年来也看过一二十本，不过看完的很少。因为一遇到该叹息的地方，就放下了。有很多译本是集体翻译的。一本二十万字的小说或文艺理论，有多到六名译者的。非但译文语言水平有或大或小的差距，有几本书中连译名也没有统一。有些译文，上下文语气不接，猜也猜不出来。不知是漏排了一二句呢，还是译者因不懂而跳过。

大多数译本都不交代原书的书名和作者名的原文。译者或编者大约以为读者都不识外文，所以无此必要。其实这是介绍外国文学的一大缺点。如果让读者知原书的书名原文，就对读者学习外国文学有帮助。其次是给图书编目人员以方便，让他可以在每一个译本书名下注出原书名，使利用这个资料的研究工作者知道某一种外国作品已有多少译本。

书是社会文化教育工具，不要以为译一本小说，目的仅仅是供应一本小说。这一意义，似乎出版社的编辑同志都没有注意。

《书林》和《读书》是目前南北两本关于书的刊物，它们的内容似乎都以书评为主，而且又似乎以好评为主，有些像是出版社的广告刊物。《书林》编者敦促我写稿，我既不想为任何佳著捧场，也不敢写出纠谬正误的文章，得罪了人。只好实事求是，谈谈我近来读书的观感。一口气写了三千字，爽爽快快地发泄了一下。这里所谈到的，有些是“做书”的技术问题，有些是出版事业的风纪问题，我虔诚希望著书的，译书的，和“做书”的同志们，能采纳我的刍荛之议。

1990 年 2 月 28 日

樊楼异史

开封市建设了一个旅游景点，在古吹台前辟了一条仿宋都御街，把重点放在樊楼和李师师上，四月二十日，隆重举行了开放大典。那天真是士女如云，熙来攘往，人人都成了北宋遗民。有朋友出差在那里，躬逢其盛。回上海时，给我带来了一些纪念物。其中有一本三万字的小书：《李师师与樊楼》，叙述名妓李师师的浪漫史。因为“发生在樊楼里的故事，风流多采而富于情趣，李师师与宋徽宗的爱情纠葛就是其中最生动、最有代表性的一个。”那天几乎人人都买了一册，为了获得“文化启迪”。每册定价五角，不算贵。印十万册。可以大量供应。作者为马冠林，责任编辑为方菲，中州古籍出版社出版。

我年轻时对李师师的浪漫史下过一点研究工夫，还为她写了小说。现在得到这本书，旧事重温，虽然炒冷饭也高兴。我想看看著者如何介绍李师师和樊楼的故事。

开卷第一段就引了一首著名的诗：“夜深灯火上樊楼。”著者交代道：“这是北宋诗人刘屏山晚年回忆樊楼风流韵事时写的一首诗。”这却叫我愣住了。刘屏山，名子翚，此人生于北宋建中靖国元年（1101），卒于南宋绍兴十九年（1149），享年四十九岁。他曾在樊楼饮酒作乐过，这是可能的，因为他在北宋时期生活过二十七年。但他的晚年却在南宋，文学史上总把他算作南宋诗人。要说他是北宋人，也还勉强可以。不过，晚年作诗，回忆樊楼，却不是北宋的事。

再读下去，出现了惊人的史料。著者告诉我们：“北宋诗人范成大常与师师来往，两人下棋赋诗，常到通宵。师师曾为他设过夜宴，两人深夜交杯换盏，直到通宵。”这是奇闻了！范成大生于靖康元年（1126），卒于南宋绍熙四年（1193）。李师师艳帜高张的时候，范成大还没有出世呢！这位诗人，总无法算作北宋诗人吧？

再读下去，还出现了特大惊人史料。著者叙述金兵入侵时，北宋朝廷中投降派的情况道：“老投降派史浩的儿子史弥远拉上了宁宗皇后杨氏的关系。杨后之立，韩侂胄曾有异议。杨氏对韩侂胄怀有大怨，这时为了雪私人之愤，出来做投降派的后台。她们阴谋策划，趁韩侂胄上朝时，发动突然袭击，把他杀死，然后无耻地割送他的首级到金朝去磕头求和。”这一段南宋宁宗开禧年间的史实却被著者提早了八十年，硬塞到北宋历史里去了。

开封也是一个文化水平高的城市。中州古籍出版社印出了这样一本谬书，我倒不怪此书的著者无知到如此，我要怪出版社的责任编辑，你的责任呢？

除了历史的谬误之外，此书的语文也大有可议。师师的鸨母李妈对道君皇帝的称呼是“官大人”。说蔡攸的父亲是“相父”，师师叫蔡攸为“相公”。妓院中隐语，以雏妓初次接客为“开苞”，取“含苞待放”之义，著者却说是“初开荷包的小妓”。“凤咮砚”印成“风味砚”。如此之类，都说明著者实在没有写这本书的文史水平。

然而这本书印了十万册，也反映了当今的出版水平。

1991年5月28日

房　内

有一位荷兰学者高罗佩（Van Gulik），在日本、中国和其他东方国家任外交使节十余年，对中国人的性生活发生了兴趣，写了一部书：《中国古代的性生活》，出版于1961年，正当我国文化闭关的时候，中国知识界非但无法见到，甚至未闻其名，不知其事。

1978年以后，我国敞开了大门，西方文化信息灵通了，我才从海外友人的通信中知道有此一书，为海外中国学者所重视，但我还是无法见到。

现在，居然见到了一个中文译本，书名为作者所拟另一个书名：《中国古代房内考》。大约是为了避免“性生活”这三个刺眼的字，改用雅言“房内”，尽管书是“内部发行”的，也仍然可见译者还有一点顾忌。

书是朋友借给我的，不能久借不还，我花了整整三天把它看完了。看完之后不免长叹。第一个反应是：这本书为什么中国人不写，而让外国人来写？译者在《前言》中说：“这本书的内容对中国读者已经太陌生，简直好像是讲另一个国度。”又说：“此书对中国古代性生活研究有开创之功。”由此可知，两位译者都是青年人；他们对中国文化史的知识大约仅限于1949年以后。他们似乎不知道中国性学的开创之功，应当归之于江绍原、潘光旦、周作人、张竞生。而刻印《双梅景暗丛书》的叶德辉，尤其不能说他不是中国性学的开创人。

周作人在北京大学收集猥亵民歌，至今无法印出。张竞生大张旗鼓地推动性学，却被“小江平”等人搞坏了，在“千夫所指”之下，丢掉北京大学教授之职，回去隐居。他的《性史》终于没有写成。

高罗佩很敏锐地看出，中国在唐代以前，有不少性学文献。不论属于儒家或道家，都是把两性关系看作养生延寿之道。尽管它们的理论有不少虚妄，但它们还是属于医学卫生的严肃的著作。宋代道学兴起以后，唐以前的许多房术文献很快就被禁止得亡佚了。

作者还提出一个很值得思考的论点。他以为，房中术是很早的中国文化，印度教中的密宗，也讲究两性交合，是受到中国的影响，然后再从印度，经过中国西藏，反馈到内地。这个论点，我以为是非常正确的。由此，就可以说明，为什么宋元以后，中国古代的房中书日渐亡佚，很少流传，儒家与道家讳言房术。而元明二代的房中书，分明是密宗经典的译本，而其内容，却有中国古代房中术的遗迹。甚至，明清二代的中国人，看到雍和宫里的欢喜佛，都以为是中国西藏传来的藏佛，而没有人敢于设想这些造像的原始形态，正是“天老教轩皇”的图本。

高罗佩毕竟是一个外国人，他收集中国人的性生活资料，还不够充分，如果没有叶德辉的那些刻本，他这部著作，恐怕未必能写成。他说中国人的性生活中，病态现象极少，这就因为他没有见到这一方面的文献资料。其实，记录性虐狂、变态性欲的资料，在历史中公然记录的，已不算少，何论笔记、野史、杂书中的许多记载？

关于中国近代的房中书，作者也没有见到，甚至还没有知道书名。因此，他这部著作，只能名为《中国古代的性生活》，而在明清两代的叙述中，显得很薄弱。我在《也是园书目》中见到属于“房中”的书四种：

(1)《端必瓦成就同生要》一卷

(2)《因得啰菩提手印道要》一卷

(3)《大手印无字要》一卷

(4)《女丹经》八卷

前三种显然是密宗经典的译本，《女丹经》有八卷之多，很可能是汇集古代房中书的道家遗书。《也是园书目》是明末清初写定的，也是园藏书散出之后，收得这些书的藏书家就不敢把这些书收入目录，因而这四部书就无迹可寻。但是，我相信，这些书还不至于全部亡佚，可遗憾的是中国人还不敢研究。

1991 年 7 月 21 日

莼　羹

今天收到《读书》第九期。看了一篇蒋竹荪的《一字之谜》，从梁实秋的一篇文章说起，谈到了《世说新语》中那一句“千里莼羹，未下盐豉”的问题，于是，这个从宋朝人开始提出的疑问，又展开了一番讨论。

梁实秋据唐人赵璘所著《因话录》中一条，以为“未下”乃“末下”之误。“千里”和“末下”都是地名，因而感到翻译中国古书之难。

蒋竹荪以为江苏溧阳有千里湖，可以为地名之说作证。但“末下”是地名，却不见载籍。因此，他以为“未下”不误。

赵璘以为莼羹不用盐豉调味，故肯定“未”字必为“末”字之误，然而他又说不出“千里”和“末下”这两个地方在哪里。

梁实秋又引了杜甫、梅圣俞、黄庭坚的诗，都说莼羹应用盐豉调味，因而愈加感到“难以索解”。

蒋竹荪又从《齐民要术》中找到许多资料，都可以证明做莼羹是应当用盐豉的。于是他对“未下盐豉”这一句作了新的解释：“其中隐含如下盐豉，将比羊酪更美之意。”又说：“这是所谓文字简奥处。”

以上是这一番讨论的纲要，接下去谈谈我的意见。

陆机是东吴人，向来为中原人瞧不起。陆机到洛阳，洛阳人士都称之为“吴儿”、“伧父”。王武子拿羊奶来夸傲陆机，问他：“你们江东有什么东西能比得上它？”陆机回答说：“有千里莼羹，未下盐豉。”

莼羹，就是莼菜汤。盐豉，就是盐和酱油，江南的莼菜，盛产于松江的泖湖。古时泖湖极大，有长泖、圆泖、大泖，合称三泖。宋元以后，逐渐被围垦，湖面愈小，青浦的淀山湖，只是泖湖的一角。泖湖，古代称为茆湖。茆，就是莼菜的古名。由此可见莼菜是我们松江的特产名菜，可惜现在它没落了，产量极少。杭州西湖上菜馆供应的所谓“西湖莼菜”，都是萧山湘湖产品。

泖湖莼上酒席供应的都是春天采取的嫩叶，称为“春莼”。到了秋天，叶大而老，称为“秋莼”。明清以来，我们松江诗人赋咏的，都是春莼，而两浙诗人所赋咏的，往往用“秋莼”字样，朱竹垞诗集中就有好几首诗词提到“秋莼”。这或许是用张翰“秋风起而思莼鲈”的典故。但这个典故，不能证明江东以秋莼为美味。

莼菜汤是一种清香的汤，江南人家做此汤，从来不加盐豉。《齐民要术》和杜甫、梅圣俞诗中所说，都是北方人吃法，大约陆机在洛阳已知道北方人不会吃莼菜，不免有些笑他们外行。王武子以臊腻的羊奶来夸傲中原食物之美，陆机以清淡的莼羹来夸傲江东食物之美，顺便讥笑了北方人不会吃莼菜。所以他回答说：“千里莼羹，未下盐豉。”他的意思是说：下了盐豉，就不能与羊奶比了。

现在还有一个“千里”，至今无法讲通。溧阳有千里湖，但没有听说过溧阳莼菜。我怀疑这个“千”字，恐是误字。金山县有一个镇，名为“干巷”，正在泖湖边上（古代），可能在古代，名为“干里”。古地应用“里”字的，后世都改用“镇”、“巷”等字，说不定干巷就是干里，而干里是莼农集中之地，故曰“干里羹”。金山人至今还称泖湖一带地区为“泖里”，或写作“泖里”。有人编过一部《干巷志》，我没有见过，不知书中有无讲到地名的起源。

赵璘《因话录》中没有这一条关于“莼羹”的记载，大约梁实秋记错了。我记得这一条见于宋人笔记中，但一时也无从查起。

1991 年 10 月 23 日

〔附录〕　《莼羹》一文的补充

章锡良

施蛰存先生于10月23日的《新民晚报》副刊上的《莼羹》中说："赵璘《因话录》中没有这一条关于'莼羹'的记载，大约梁实秋记错了。我记得这一条见宋人笔记中，但一时无从查起。"

施先生不愧为一位严肃的学问家，确是梁实秋先生记错了。经笔者查考，施先生所说见于宋人笔记中，是不错的。在宋代有一部与赵璘的书同名的《因话录》，作者曾三异（字无疑，号云巢），其中有一条云："莼羹：'千里莼羹，未下盐豉。'世多以淡煮莼羹，未用盐与豉相调和，非也。盖'末'字误书为'未'，'末下'乃地名，'千里'亦地名，此二处产此二物耳，其地今属平江郡。"这段文字见上海古籍出版社出版的《说郛三种》中的涵芬楼的百卷本。另一种的明刻宛委山堂一百二十卷本，文字基本相同。唯最后一句不同："其地今属江干。""江干"二字提供了一点信息，即施先生所说，"千里"也许为"干里"之误。在松江县机山东的天马山，又名干山。在金山县东南有干巷镇，一名干溪，旧名干将里，干山也好，干巷也好，均与干将的传说有关。所以《世说新语》中说的"千里莼羹"，极大可能是"干里莼羹"。

《说郛三种》中的明刻一百二十卷本的书名作《同话录》。但《中国丛书综录》在著录时，都写作《因话录》，可将赵璘与曾三异的书看作异书同名。

1991年11月3日

花的禅意

昨天刚写好一篇《禅学》，对禅和子说了些不敬的话，顺便也提到宋人以禅喻诗，把诗弄得非常玄妙。不过文章目的不在谈诗，因而也没有多说。

今天整理书架，偶然找到一本《文史知识》，随手翻开，就看到一篇禅学者赏析王维诗的玄文，正好给我提供了一个例证。

文章累累三千字，把王维的一首二十字的五言绝句赏析得禅味甚浓，倒也亏他有此别才。现在我且先抄出开头两段，来赏析他的赏析：

> 木末芙蓉花，山中发红萼。
>
> 涧户寂无人，纷纷开且落。
>
> 这是王维著名的田园组诗《辋川集》的第十八首。
>
> 辛夷即木笔树。辛夷坞，因坞中有辛夷花，故名"木末芙蓉花"，由《九歌·云中君》"搴芙蓉兮木末"句点化而来，木末，即树梢；芙蓉花，这里实指辛夷花，因芙蓉与辛夷花色相近，故借以代称。在裴迪的《辋川集》和诗中有"况有辛夷花，色与芙蓉乱"两句可证。

这是第一段，赏析诗的文本。诗题是《辛夷坞》，王维的辋川别墅中的一景。诗是咏芙蓉花的。以芙蓉为名的花有两种：一种是水芙蓉，即荷花。一种是木芙蓉，木本植物，亦称地芙蓉。现在，木芙蓉仍称芙蓉花，用不到加一个木字，因为荷花，除了作诗以外，没有人称之为芙蓉了。"木末芙蓉花"，是点明所咏的是木芙蓉，句法虽然出于屈原《九歌》，却不是"点化"。

辛夷坞中，未必只有一种辛夷花。作者明明说是芙蓉花，赏析者硬说它“实指”辛夷花。为什么？理由是“花色相近，故借以代称”。这个理由，这样赏析，能服人吗？我如果作一首咏菊花的诗，能说“东篱黄蜀葵”吗？花色也相近，可以这样代称吗？

作者还引裴迪诗，“况有辛夷花，色与芙蓉乱”，用以证明“芙蓉”就是指“辛夷”的。这个证据，提得也非常牵强。我以为反而可以证明辛夷坞中也有木芙蓉花。再说，裴迪没有说明是木芙蓉，他这句诗也很可能是说辛夷花的颜色可以乱荷花。辛夷花是紫红色的，木芙蓉花的萼是深红色的，开出花来却是粉红色的，也有白色的。荷花有红有白，要说颜色相近，倒是荷花可以和辛夷相乱。裴迪这一句“色与芙蓉乱”，我看是指荷花的。这也可以有诗为证，白居易咏辛夷诗云：“紫粉笔含尖火焰，红胭脂染小莲花。”荷花大，辛夷花小，故只比作小荷花。王维《辋川集》中还有一首题作《临湖亭》的诗：

> 轻舸迎上客，悠悠湖上来。
> 当轩对尊酒，四面芙蓉开。

岂不可以证明辋川别业中也有荷花吗？

以下抄第二段，是赏析全诗总论：

> 这首诗浅近单纯，说的是：在辛夷坞这个幽深的山谷里，辛夷花自开自落。自然得很，平淡得很，简直不敢相信这是诗。诗以言志，诗人的志哪里去了？诗以言情，作者的情何处可寻？然而，这确实是一首好诗。你看，辛夷花在树梢怒放，开得何等烂漫！辛夷花又在纷纷凋零，又是何等洒脱！既没有生的喜悦，也没有死的悲哀，无情有性，你能说，这仅仅是一棵普普通通的辛夷花么？
>
> 王维笔下的辛夷花，是他内在精神的外射，是一棵人格理想之花，然而又是一棵与众不同的花。

这一段赏析，用的是欲擒故纵、欲扬故抑的手法。因为这首诗中，看不到诗人的志或情，所以简直不敢相信它是诗。原来这位赏析家不知道诗有赋体。不言志，不抒情，就不是诗。王维的《辋川集》诗二十首，除去最初三四首外，全是赋体，既不言志，也不抒情，难道全不是诗？

底下，笔头一转，不是诗，确实是好诗了。你看，花开得多烂漫而没有生的喜悦；花落得多洒脱，而没有死的悲哀。现在，赏析出禅意来了。花即是人，人即是花。说花就是说人。人是谁？作者王维。王维的生，确是十分烂漫。他能以书画音乐，服侍王公贵人，为岐王家宴席中的常客。他又是和尚尼姑的大护法，自命维摩诘居士，经常有天女散花，优婆问道。家财富裕，买下了宋之问的大庄园。安禄山造反，打进长安，他立即附逆，做了汉奸。乱平之后，别的汉奸都分别得罪，他却非但不坐牢，反而授了官，至于他的死，也确实非常洒脱。他临终时，还从容不迫地给兄弟亲友写了许多遗书。没有生的喜悦，何以活得如此烂漫？没有死的悲哀，何以装得如此洒脱？要知道，烂漫是喜悦的现象，洒脱是悲哀的面具。

如果说，以人喻花。那么，芙蓉花的“纷纷自开落”，既然是“自然得很”，你又何以知道它们没有“生的喜悦，死的悲哀”？难道禅学家已超过了弗洛伊德，能分析植物的心理了吗？我看，还是庄周老实，他倒还能说一句：“子非鱼，安知鱼之乐？”

现在，再抄一小段，是芙蓉花的颂词，也是王维的诔词：

> 在这个绝无人迹的地方，辛夷花在默默地开放，又默默地凋零，既没有人对它们赞美，也不需要人们对它们的凋零一洒同情之泪。它们得之于自然，又回归于自然，没有追求，没有哀乐，听不到心灵的一点震颤，几乎连时空的界线都已经泯灭了。

多么玄妙？真是一棵“与众不同”的“人格理想之花”。不过，我以为，王维没有那么自然，倒是千千万万穷乡僻壤的老百姓，可以当之无愧。而我们的禅学家硬要把一朵芙蓉花，当作辛夷花，插在王维的胸前。

最后，还要抄一段“禅意更浓”的赏析：

辛夷坞也是这样一个境界，只不过禅意更浓，显得更为空灵。因为“对境无心”，所以花开花落，引不起诗人的任何哀乐之情；因为“不离幻相”，所以他毕竟看到了花开花落的自然现象；因为“道无不在”，所以他在花开花落之中，似乎看到了无上的“妙谛”：辛夷花纷纷开落，既不执着于“空”，也不执着于“有”，这是何等的“任运自在”！纷纷二字，表现出辛夷花此生彼死，亦生亦死，不生不死的超然态度。

读了这一段赏析，才知道一首二十字的绝句，具有如此法力，连“纷纷”二字，也能表现出如此玄妙的超然态度。自愧读诗六十年，竟没有能看到“无上的妙谛”。在禅学家面前，读诗简直比猜哑谜更难了。

1991 年

第二辑

小说中的对话

小说中的对话

近来看陆少懿先生译的日本作家谷崎润一郎著《春琴抄后语》，觉得这位东邻作家所抒述出来的对于小说中之对话问题的许多意见，颇足为一向蕴蓄着的鄙见作一个同声相应之发明。在征引谷崎氏的意见之前，我想先说一些关于我这方面的蕴蓄甚久而不敢宣泄的下怀。

我国古来的所谓小说，最早的大都是以随笔的形式叙说一个尖新故事，其后是唐人所作篇幅较长的传奇文，再后的宋人话本，再后才是鸿篇巨帙的章回体小说。在这样的发展过程中，小说的故事是由简单而变为复杂，或由一个而变为层出不穷的多个；小说的文体也由素朴的叙述而变为绚艳的描写。而小说中人物对话之记录，也因为小说作者需要加强其描写之效能而被利用了。所以，我们倘若专从对话这方面去注意，就可以看出从唐人传奇以后，对话所占的篇幅与小说全文的篇幅之比例，是愈趋愈大的。

新文学运动兴起以后，我国的小说，正如诗与散文一样，可以说是与旧的传统完全脱离，而去过继给西洋的传统了。在小说一方面，西洋的形式被认为文学上的正格，而为每一个作家所勤奋地采用。我很记得，在这小说西洋化的最早时期，关于对话这个问题，也曾经有许多人特别提出来过。大概的意思是说我国旧小说中常是对话与叙述连贯地写下去，有的时候，会使读者看不清楚从什么地方到什么地方是记录的对话，从什么地方到什么地方是作者的叙述，若是记录一个人数较多的对话场面时，更有不清楚之感，所以新文学家应该把对话用引号来标明，并且分行写清楚。此外还有过一次研究，大意是因为发觉了我国旧小说中在标示下文为对话时辄用“某生曰”或“某人说道”这种语句，非常使读者憎厌，而且有时甚至会破坏了全篇小说的描写意味，所以新文学家主张在把对话分行写了之后，再仿照西洋小说的成法，将“某人说”这样的句子写在所记录的对话之后，作为一种补注的样式，并且在这里还可以随时插入一点描写，例如“某人笑着说”，“某人沉思似的说”或“某人爬上了车子，叽咕着说”之类，把这种句子也属于作者之描写的一部分。这种研究的结果，现在也普遍地被我们的作家们采用了。

我写小说，虽然不多，但也有十年的历史了。在这十年中，非但在自己写作的时候，并且还在看别人的著作的时候，常常为对话的问题而感觉到小说的技巧方面的一重难关。这里有许多问题会连带地发生出来，例如对话到底能否增加描写的效能？若是一篇以叙述的文体写出的小说，作者在篇中羼杂着对话的直接记录，是否会损坏了这篇小说的文体或形式？对话是否在另一方面真能济叙述之不足？这种种问题姑且按下不提，但对于对话这个东西本身的笨拙和幼稚之感，却是不可掩饰地在我心中逐渐加重起来。现在我不便举出什么例子来，但料想平时多看新小说的人一定也不会没有同感吧，我们每当读到一段对话的时候，没有读完全文，就很容易揣知作者是在企图把这一段对话完成他的故事描写上的某一种使命。那么，这样说来，倘若不用这一节结果还是显然地被读者窥出玄妙来的对话，而以与上文一贯的叙述文体出之，岂不反而可以使他的文章干净简劲吗？在这种情形之下，所以我觉得在应用对话的时候，在作者或许以为是一个巧妙的手法，但实际上却往往得到了一个笨拙的效果。至于另外有一些作家，为了描写一个或多数人的心理，或是要描写一个特殊的场面，或是要阐发作者自己所企图寄托在他的著作里的哲学，而应用了对话记录的方法，这时候，读者倘不能被它的流利和精微所眩惑，一定会感觉到它对于整篇作品的影响是足以使读者在这里感觉到文体的幼稚。除了以上所述说过的两点以外，还有一些不十分善于写小说的作家，他把对话写得过分的老实，不知节要删繁，真有所谓从“今天天气好”一直写到“再会吧”的这种情形，却是使读者深感到拖沓冗长，因而对于新小说有“根本是浅薄的东西”之感了。

我心里虽然纠缠着这个问题，但因为到底不敢不承认自19世纪以来的那些西洋小说为正格，因而也不敢对于对话之存在表示怀疑。对话真不是容易写的东西呀，这不仅是我，也会听到过朋友们在抒述创作经验时有同样的意见。我不知道在西洋有没有人提出过这个问题，但我想在西洋，因为文体的传统没有经过什么大的警拔之故，或者不会有人感到这个问题之严重吧；但在东洋，现在却分明有了谷崎氏先我而公然提出了。

谷崎氏的那篇《春琴抄后语》，虽则只是几千字的短文，但关于小说中之对话问题都包含了许多意见。为了使读者方便，并且亦是使我自己行文方便起见，我在这里依次扼要地征引他的说话，再来逐一申述鄙见。

谷崎氏在日本是一个著名的文体家，所以他对于小说中的对话之所以会感到是一个大问题者，第一个着眼点便是在于文体这方面。他首先引述日本古典文学名著《源氏物语》为例证，他说：“源氏的《帚木之卷》中的《两夜月旦》之条，很难看出会话和叙述文的区别，从什么所在起为谁的话语是很难明白的。但是那样的描写可以表现出日本文的美。我在那里感到兴味，而专于叙述文和会话之联系的方法很费了苦心。然而在‘卍’中想讨读者的便宜，仅施以引号，惟于‘芦刈’中却把它除去了。”

在我们刚刚对于会话与叙述文区别不明的旧文体表示憎厌的时候，他却说这样可以表现出日本文的美，因而自己也苦心于会话与叙述之联系，从分行改为不分行，甚至从用引号进步到不用引号，这不是对于我们的新文学之前途开了一个大大的玩笑吗？日本文对于汉文，至少总比西洋文对于汉文为接近，那么，我们中国的文体家中间，是否也会有人感到旧文体，至少在对话与叙述文混合这一点上，比新文体更能表现出本国文字之美来呢？

谷崎氏又说道：“我尝重新读过自己年轻时代的作品，屡觉得真的‘多么拙劣呀’。那是从会话到叙述文变更行数之所，多插入‘他说道’、‘我这样说道’等的语句之部分。从今日看来，在不必添插之所添插上去倒是很触目，的确这是碍眼物……虽则这样说，毕竟为着分开会话与叙述文来写，这些辞句更易触目。”

这是谷崎氏对于小说中的对话的第一个反感。此时他并不是憎厌小说中有对话的存在，而是对于引导或补注对话的那些“我说道”、“他说道”之类的语句觉到了不快意，因为这些语句在对话与叙述分开写时更显得触目了。若照他上面的一节话揣度起来，仿佛即是说这种语句足以破坏了文章的美。那么，这一定只是文章书写形式之美观与否的问题了。倘若就把对话和叙述文连接在一起写下去，岂不就解决了吗？这一点，谷崎氏也想到的，他接着说道“又因为有必要的缘故，所以，若像往昔似的，将会话插入简朴的文体，那末它将有多少妨害的。惟这样地做来，就会话的韵律和叙述文的韵律一致，白然是会话死灭了，终局便和叙述文成为一体”。这个意见，我也以为不错的。谷崎氏之所谓妨害，就是指读者看不清楚之类的弊病，但是倘若不计较这些弊病，则对话与叙述文混合写的效果，就足以使读者不觉得有横出的会话，而感到通篇叙述的一致了。

问题到了此地可以告一个段落了。但是，这文体家的谷崎氏却从这里踏进了一个更深的问题。他说：“但是，不知道为什么，我们日本的创作家，年纪一老，似乎对于叙写会话渐渐不愿意起来，好像比之小说更选择了故事风的形式，末了，连叙述文也简略了，讨厌描出场面的麻烦，甚至从故事风转而喜欢更冲淡的随笔风的写作方法的样子了。”

“年老的作家，不大喜欢用会话，这不只在日本，就是在西洋各国的作家中间，我们也可以找得出不少例证来。但年老的作家，因为写作的经验多了，对于文章之事，已是三折肱了，却连正格的小说也不愿意写，而高兴采用起故事体甚至随笔体的小说来，这理由恐怕一定要深切地了解东洋文学之传统精神的人才能领悟吧。”谷崎氏的这一节话，表面上虽然在说别人，实际上恐怕连他自己也包含在内，他这个倾向显然是从对于小说中的对话的第二个反感中产生的。此时他觉得不仅是对话在一篇小说中的价值可以减到极少，甚至繁赘的描写也可以是不需要的。故事体和随笔体的小说，不是我们东洋的旧传统吗？若照谷崎氏的意见说起来，我们不是可以说这是小说文体或技巧之复古论吗？是的，我以为这是不能否认的。这实在是有点近似复古，但是从复古中去取得新的。

现在的问题是要讨论这种倾向是否会得妨碍一篇小说之所以为小说。谷崎氏也谈到一般注重描写及对话的正宗小说家会得对于这种故事体或随笔体的小说表示怀疑，以为这些不像是真正的小说。这种观念，我想不单是在日本，就是在我国文坛上，一定也有许多人怀抱着的，但到底正格的小说所给予读者的东西，与这种故事体或随笔体的小说所给予读者的东西，有什么不同呢？正宗的小说家或者会说：我们要逼真的描写，我们要如闻其声的对话，使我们的读者会得在阅读之顷发生实感，而收到了小说所应有的效果，那么，一个故事体或随笔体的小说作者一定会得反问：倘若是一个美好的故事，用著者的口气叙述得非常生动，即使没有一点描写，没有一句对话，难道读者会觉得缺少了实感吗？

这是一个大可考虑的问题。西洋文学流传到东方来之后，我们大家都知道了法国有费了几十页文字去描写一个人的行动思想的佛罗贝尔、左拉等作家。大家都把他们奉为圭臬，从来没有一个人敢于提出过一点异议。对于这种作家的模仿之结果，足以使我们的作家完全忽略了他的读者也是一个如他自己一样的有经验有思索有想象力的人。无论把小说的效能说得如何天花乱坠，读者对于一篇小说的要求始终只是一个故事。与其费了一大堆文字去描写一言一动，而终于被多数读者跳过不看，何如以简洁的文体叙述之，使读者在掩卷之后有一个想象体味的余地呢？“实则若从引起读者的实感之点来说，素朴的叙事的记载似的总能副其目的，至于运用小说的形式则越巧越像虚构。”“我写作春琴抄……对于未曾写出春琴和佐助的心理之批评，很想提出‘为什么有心理描写之必要呢，那不是已经明白了吗？’的反问。”这是谷崎氏的断然的表示。至于我的意见，虽然还不敢说出“运用小说的形式则越巧越虚构”这样不敬的话，但对于西洋式的正格的小说却有点怀疑起来了，到底它们比章回体、话本体、传奇体甚至笔记体的小说能多给读者若干好处呢？曹雪芹描写一个林黛玉，不会应用心理分析法，也没有冗繁地记述对话，但林黛玉之心理，林黛玉之谈吐，每一个看过红楼梦的人都能想象得到，揣摹得出。我对谷崎氏的“那不是已经明白了吗”这反问，完全同意了。

收同样的效果，而文体之美丑却因此有了区判，我们的作家们为什么不对于这个问题思考一下呢？若是中国的小说能从这中间去蜕化出一个新的阶段，我想一定能够使白话文获得一种新的装束的。

1937年2月23日作

关于《黄心大师》

这篇小文本该题名为《我怎样写〈黄心大师〉》，一则固然因为我这篇小说并不是什么大杰作，不希望为后生小子所效法。二则，尤其是，因为我并不预备在这里表示我曾用了多少血泪去写那篇无聊的小说。昨天偶然到上海来玩，当晚就在《大晚报》上读到许杰先生的谈到我这篇小说的“读书随笔”，于是引起了我写这篇小文的动机。

我曾在第三十九期《宇宙风》上发表过一篇《小说的对话》，但那篇文章谈到对话的问题以外，还牵涉到一点创作小说的文体问题。我不能不承认从前曾经爱好过欧化的白话文体，因为多数从事新文学的人似乎都感到纯粹中国式的白话文不容易表现描写的技巧。但因为近来一方面把西洋小说看得多了，觉得欧式小说中的一部分纯客观的描写方法，尤其是法国和俄国的写实派作品，有时竟未免使读者感觉到沉重和笨拙——可以说是一种智慧的笨拙；一方面又因为重读唐人传奇，宋人评话以至明清演义小说，从此中渐渐地觉得它们也有一种特点，那就是与前后故事有谐合性的叙述的描写，易言之，即寓描写于叙述中的一种文体。中国小说中很少像西洋小说中那样的整段的客观的描写，但其对于读者的效果，却并不较逊于西洋小说，或者竟可以说，对于中国的读者，仍然比西洋小说的效果大。我们不能忽略了中国人欣赏文艺作品的传统习惯，到现在《水浒传》、《红楼梦》始终比新文学小说拥有更广大的读者群，这是在文体方面，至少有一半关系的。

因为我个人有这样的感觉，所以近一二年来，我曾有意地试验着想创造一种纯中国式的白话文。说是“创造”，其实不免大言夸口，严格地说来，或者可以说是评话、传奇和演义诸种文体的融合。我希望用这种理想中的纯中国式的白话文来写新小说，一面排除旧小说中的俗套滥调，另一面也排除欧化的句法。或许这仍是“旧瓶盛新酒”的方法，但这所谓旧瓶实在是用旧瓶的原料回炉重烧出来的一个新瓶。

我在这方面的第一次尝试是《猎虎记》，最近的尝试是《黄心大师》。《猎虎记》在郑伯奇先生主编的《新小说》上刊载出来之后，有人曾经投函给编者，说这仍是“鸳鸯蝴蝶派”的作品。现在《黄心大师》发表之后，许杰先生在担忧着恐怕仍有走回到评话演义小说的老路上去的危险（许杰先生的那篇文章主旨并不在此，所以对于这方面，他略而不谈，但语气之下却有这样的意思）。这两种批评，都是在我意料中的，我现在觉得，这关键是在于我所曾有意地尝试的这两篇小说都是采用了一个故事（a tale）的形式，而中国小说却正是全体都是故事，从来不曾有过小说——短篇或长篇（short story or a novel）。我若用纯中国式的白话文去写中国所没有的小说，这才看得出这文体尝试的成功或失败，如今却无意地写了两个故事，这在无论那一个被中国式的文学欣赏传统习惯所魅惑着的新文学读者的眼里，确是容易忽略了作者在文体尝试方面的侧重，而把它看作无异于“鸳鸯蝴蝶派”或“回老路”的东西。无论是“内容决定形式”或“形式决定内容”，但绝非“内容即是形式”或“形式即是内容”。

我还要尝试这纯中国式的文体，无论是，也同时是，为“艺术”，或者为“大众”，我相信这条路如果能走得通，未始不是一件有意思的工作。但当然，我希望能写一篇“正格的”小说。

以上算是关于《黄心大师》的文体方面的自白。至于内容这方面，我与许杰先生的看法似乎相去很远，我无论怎样讲法，恐怕终于不会使许杰先生满意，所以我不想在这里多说什么。总之我是在说一个故事，许杰先生不爱听这个故事，罢了。

但是，许杰先生似乎也知道我讲故事的态度是想在这旧故事中发掘出一点人性，然而不幸的是，在我这个故事中间，他所看出的还只是“神奇”与“古怪”。许杰先生问：“究竟这位黄心大师，是神性的，还是人性的呢？是明白了一切因缘的，还是感到了恋爱的幻灭的苦闷呢？”问了之后，许杰先生又判断道：“总之当时的人，没有一个能够发觉、能够理解，便是如今的作者，却仍旧是把捉不住，不十分了解的。”

问固然问得有理，判断却不敢恭维了。我现在愿意告诉许杰先生，黄心大师在传说者的嘴里是神性的，在我笔下是人性的。在传说者嘴里是明白一切因缘的，在我的笔下是感到了恋爱的幻灭的苦闷者。整个故事是这两条线索之纠缠。当时的人究竟能否发觉，能否理解，我不知道。至于我，却自信是把握住了，而且十分了解的。

许杰先生引恼娘生下来做弥月时的一个女尼的说话：“阿弥陀佛，这位小姐是个有来历的人……只可惜了一念之差，不免到花花世界去走一遭。”又引恼娘出家时，对住庵里的老尼说：“你的来意我早已知道，我已经预备了，叫她此刻就来。”以为这是作者笔下的“神奇”和“古怪”，也以为是我真相信因果之说，这是一个错误。这些话正是传说者嘴里的“神奇”和“古怪”，也是这个“故事”的原形。我讲故事就说明这些“神奇”和“古怪”，但我的说明是在黄心大师本身的行动和思想上去表现，而并不直接做破除迷信的论文，因为在说故事的技巧上，这一部分，我可以不负责的。况且，许杰先生倘若愿意的话，我们又何尝不可以把这些话认为女尼们的“江湖诀”呢？

恼娘在送季茶商远戍的时候，说了一句，“不要愁，都是数。”这是整个故事中一个重大关键。一般人，自然连许杰先生也在内，把恼娘看作个“神性的”“明了孽数的”、“晓得三生因果”的人物，可以说都由于这一句。我在写这一句的时候，曾经费了多时的斟酌。贤明的读者试替我想，我该不该用这模棱两可的句子？若恼娘不这样说，例如她竟号啕大哭，悲不自胜，以表示伉俪情深；或者把她写做悠然自得，绝不介意，以表示其幸灾乐祸，那么此时的恼娘的态度在整个故事的演进中是否自然？

我说这是一个模棱两可的句子，是因为我正要表现出在不了解恼娘者的心目中，这句话是恼娘“明了孽数”的铁证，而在恼娘自己却只是对季茶商说的一句并非由衷而发的，平常的安慰话。我们中国人不是大多数相信命运的吗？用一句话表现了两方面的观感，使他们并不觉察到矛盾，这下面才有故事出来。

1937 年 4 月

小说的分类

·从史家对于小说分类法的变迁中观察历来对小说的观念之演进·

在我国的文学史上，小说这个名称见得很早，但我们所谓小说那种文学作品，却发生得较迟。《庄子·外物篇》有曰："饰小说以干县令，其于大达亦远矣。"这是"小说"这个名词之始见于记籍者，但此所谓"小说"，不过小言之意，并不特指某一种文学形式。《桓谭新论》曰："小说家合丛残小语，近取譬喻，以作短书，治身理家，有可观之辞。"这里所谓"小说"，似乎已经具体化，指一些零星的喻言为小说了。但其所谓"短书"，亦还是指一些造语夸异，不根经典之作，并非谓其篇帙之短。班固作《汉书·艺文志》依据了已亡逸的刘歆《七略》，其《诸子略》中著录十家，最后一家便是小说家。班固谓诸子中可观者九家而已，小说家便是被他认为无可观的。但虽然无可观，他还给我们留下了一个目录，使我们约略可以知道东汉人所有的小说家言是些什么作品。现在把那目录抄出于下：

《伊尹说》二十七篇

《鬻子说》十九篇

《周考》七十六篇

《青史子》五十七篇

《师旷》六篇

《务成子》十一篇

《宋子》十八篇

《天乙》三篇

《黄帝说》四十篇

《封禅方说》十八篇

待诏臣饶《心术》二十五篇

待诏臣安成《未央术》一篇

臣寿《周纪》七篇

《虞初周说》九百四十三篇

《百家》一百三十九卷

上小说十五家，一千三百八十篇。

不幸得很，这一千三百八十篇小说家言，早经亡逸，至梁朝的时候，已仅存《青史子》一卷。到了隋、唐之际，连这一卷也不存了，因此我们无法看到班固所著录的小说的面目。但是我们从班固的注以及《大戴礼记》、贾谊《新书》与《风俗通义》所引《青史子》逸文看来，可知这些书大抵都是依托古圣贤帝王记言记事之书，并没有我们现今所谓小说的意义。班固论曰："小说家者流，盖出于稗官，街谈巷语，道听途说者之所造也。孔子曰：'虽小道，必有可观者焉，致远恐泥。'是以君子弗为也，然亦弗灭也。闾里小知者之所及，亦使缀而不忘。如或一言可采，此亦刍荛狂夫之议也。"这是班固对于小说的观念。实际上亦代表着我国历来文人对于小说的观念，我国古来小说之所以不发达，未始不是由于这个观念在阻梗。

唐时魏征主修《隋书·经籍志》，以四部区分，小说家仍隶属于子部。其所著录者共二十五部，合一百五十五卷。

《燕丹子》一卷

《杂语》五卷

《郭子》三卷 东晋郭澄之撰

《杂叶语》三卷

《要用语对》四卷

《文对》三卷

《琐语》一卷 梁顾协撰

《笑林》三卷 后汉邯郸淳撰

《笑苑》四卷

《解颐》二卷 杨松玢撰

《世说》八卷 宋刘义庆撰

《世说》十卷 刘孝标注

《小说》十卷 梁殷芸撰，梁目三十卷

《小说》五卷

《迩说》一卷 梁伏挺撰

《辩林》二十卷 萧贲撰

《辩林》二卷 席希秀撰

《琼林》七卷 周阴颢撰

《古今艺术》二十卷

《杂书钞》十三卷 庾元威撰

《座右方》八卷

《座右法》一卷

《鲁史欹器图》一卷 刘彻注

《器准图》三卷 后魏信都芳撰

《水饰》一卷

从这个目录里，我们可以注意到：第一是晋以前的书只有《燕丹子》一种了。第二是关于记载滑稽雄辩的辞令之书占了大半，这似乎是当时认为小说家言的主体。第三是关于艺术制作之书亦入小说家。至石晋时，刘昫等修《唐书》，其经籍志依据于毋煚所撰《古今书录》，著录小说家十三部，凡九十卷：

《鬻子》一卷 鬻熊撰

《燕丹子》三卷 燕太子撰

《笑林》三卷 邯郸淳撰

《博物志》十卷 张华撰

《郭子》三卷 郭澄之撰贾泉注

《世说》八卷 刘义庆撰

《续世说》十卷 刘孝标撰

《小说》十卷 刘义庆撰

《小说》十卷 殷贲撰

《释俗语》八卷 刘齐撰

《辩林》二十卷 萧贲撰

《酒孝经》一卷 刘炫定撰

《座右方》三卷 庾元威撰

《启颜录》十卷 侯白撰

从这个目录中，我们注意到：第一，《燕丹子》以上多出了一种《鬻子》，此书初见于《汉书·艺文志》，班固已称其为后世所加，中间久已无闻于世，此时忽然又见于著录，而其后《宋史·艺文志》中则入于子部杂家类，原来《汉书·艺文志》道家类中另有《鬻子》二十二篇，二书相混，使后人疑不能明。但据胡应麟说，今本《鬻子》当是小说家的那一本，然则《宋史·艺文志》错了。第二，张华《博物志》十卷，在《隋志》中本属于杂家，今忽退居于小说家，虽然编者没有说明理由，但我们可以推测到这是由于《博物志》所记事物皆浮妄不足征信之故。

宋时欧阳修作《新唐书》，共《艺文志》小说家类的目录表现了一个重大的改革。他把张华《列异传》至吴均《续齐谐》等志怪之书十五家一百五十卷，以及自王延秀《感应传》至侯君素《旌异》等明因果之书九家七十卷，俱列入小说家类，而这些书在《隋志》及《旧唐志》中原来皆属于史部杂传类的，这个关于书目分类上的改革，表示了欧阳修对于历史及小说的观念比较前人进步多了。在他的《艺文志》中，又增加了许多唐人所著杂书，因此小说家书的性质愈趋庞杂。

及至南宋，文人对于小说家书渐感兴趣。故古代小说的结集亦开始出现，至明代而大盛。因此，小说家书的分类亦有了迫切的需要。陆楫编《古今说海》一百二十卷，把小说分为四部七家。第一部曰说选，载小录、编记二家。第二部曰说渊，载别传一家。第三部曰说略，载杂记一家。第四部曰说纂，载逸事、散录、杂纂三家。陆楫之书成于嘉靖二十三年(1544)，这恐怕是最早的一个小说分类法。我们对于他的分类觉得是很不科学的，因为他的部目之含义并不清楚，而一部之中有只载一家者，则家与部之间不知有什么分别。另有《五朝小说》一书，亦明人所辑，其年代不明。此书将魏晋小说分成十家：曰传奇，曰志怪，曰编录，曰杂传，曰外乘，曰杂志，曰训诫，曰艺术，曰记载，曰品藻。这个分类似乎比陆氏为具体。万历中，胡应麟著《少室山房笔丛》，分小说为六种："曰志怪。《搜神》，《述异》，《宣室》，《酉阳》之类是也。二曰传奇。《飞燕》，《太真》，《崔莺》，《霍玉》之类是也。三曰杂录。《世说》，《语林》，《琐言》，《因话》之类是也。四曰丛谈。《容斋》，《梦溪》，《东谷》，《道山》之类是也。五曰辩订。《鼠璞》，《鸡肋》，《资暇》，《辩疑》之类是也。六曰箴规。《家训》，《世范》，《劝善》，《省心》之类是也。"这个分类，似乎比较整齐，但胡氏又云："谈丛、杂录二类最易相纹，又往往兼有四家，而四家类多独行，不可挽入二类者。至于志怪、传奇，尤易出入，或一书之中，二事并载，一事之内，两端具存，姑举其重而已。"这显然是他感觉到小说体例之杂，不可能有很惬当的分类法。但他的区分，实在已把当时人观念中所谓小说归纳出了一个比较使人满意的类别来了。至清代纪昀总纂《四库全书总目提要》，其小说家书目共分为三类：一曰杂事之属，二曰异闻之属，三曰琐语之属。这个分类法，我们觉得实在没有胡氏的详密。但这个书目提要中，有述例数条，表示编者对于小说的观念比前人更有所进步，这是我们所当注意的。在杂事之属的书目后面，编者加了一段按语云："纪录杂事之书，小说与杂史最易相淆。诸家著录，亦往往牵混。今以述朝政军国者入杂史，其参以里巷闲谈词章细故者，则均隶此门。《世说新语》古俱著录于小说，其明例矣。”又《山海经》一书，旧志皆入地理类，今则改入小说类，编者云：“书中序述山水，多参以神怪，故《道藏》收入太玄部竞字号中。究其本旨，实非黄老之言。然道里山川，率难考据，案以耳目所及，百不一真。诸家并以为地理书之冠，亦为未允。核实定名，实则小说之最古者耳。”又《穆天子传》后编者亦加按语云：“案《穆天子传》旧皆入起居注类，徒以编年纪月，叙述西游之事，体近乎起居注耳。实则恍惚无征，又非《逸周书》之比，以为古书而存之可也。以为信史而录之，则史体杂史例破矣。今退置于小说家，义求其当。无庸以变古为嫌也。”在这个观念之下。于是有许多本来入于史部的书，现在亦被认为是小说了。《山海经》、《穆天子传》之外，还有《西京杂记》、《海内十洲记》等数种。又《神异经》一种，《隋志》列入史部地理类，《新唐书·艺文志》改入子部神仙类，现在亦一并退为小说。可知在清初学者的观念中，凡史传中之琐细不涉朝章国故者，或悠缪不可征信者，皆算是小说了。小说的观念，到此时才很清楚。现在我们可以归纳起来得到一个结论：中国古来文人学者之所谓小说，大抵皆不出传奇、志怪、琐记、杂录的范围。汉魏六朝以志怪为主，唐代以传奇为主，自宋迄清则以琐记、杂录为主。

但是在我们现在的观念中，除了传奇、志怪之书以外，其他的书已经不再被认为是小说了。而唐人传奇，多数皆不编入文集中，亦不单行，故自来皆未有著录。我们所认为是小说之主体的唐宋以来的话本讲史，向来皆被目为市井闲书，不登大雅，故亦不为任何书志所齿及，所以我们不能不从别的史料中去寻觅古代一般小市民对于这些小说的分类法。

幸而我们有孟元老的《东京梦华录》，其中记北宋时汴都的说话人凡分五家：一曰小说，二曰合生，三曰说诨话，四曰说三分，五曰说五代史，但这是从说书人的专长为区分的，并不是小说书的分类。说三分大约是说三国故事的人，论性质恐与说五代史者相同，正如我们所曾讲起过的阿剌伯说书人之有阿菩侪特人及安达里人之分一样。吴自牧著《梦粱录》，则似乎依照小说的分类为说话人的区别了。他说：“说话者，谓之舌辩，虽有四家数，各有门庭；且小说名银字儿，如烟粉、灵怪、传奇、公案、扑刀、杆棒、发迹、变态之事……谈论古今，如水之流。谈经者，谓演说佛书。说参请者，谓宾主参禅悟道等事……又有诨经者……讲史书者，谓讲说通鉴、汉唐历代书史、文传、兴废之事。合生与起令随令相似，各占一事也。”其后灌园耐得翁《都城纪胜》，记南宋时临安的说话人亦仍分为四家，一曰小说，二曰说经说参请，三曰说史，四曰合生。似乎汴都的风俗完全移转到临安来，一点都没有改变。小说一家中，著者又告诉我们，又还分做三类：一曰银字儿，如烟粉、灵怪、传奇；二曰说公案，皆是搏拳、提刀、赶棒及发迹变态之事；三曰说铁骑儿，谓士马金鼓之事。这是对于吴自牧的记载的一个很好的补充。其后更有周密著《武林旧事》，亦曾记载了四种说话人：一曰演史，二曰说经诨经，三曰小说，四曰说诨话。这个区分与《都城记胜》所载稍有不同。它多了说诨话，而少了合生。合生这个名词颇不易解。但我们在唐武平一《谏大卿用倡优媟狎书》中可以找到它的释义：“比来日益流宕，异曲新声，哀思淫溺，始自王公，稍及闾巷，妖伎胡人，街童市子，或言妃主情貌，或列王公名质，咏歌蹈舞，号曰合生。”从这个记载看来，合生似乎是一种杂以歌舞的传奇小说之讲述。也很可能是戏剧的最早形式。此事在唐代已经盛行，且有胡人作比，我很怀疑它是阿剌伯说书人的流派。合生这个名词，甚至也可能是一个阿剌伯字的译音。

从孟元老以下诸家的记述中，我们可以约略看出宋时小市民对于小说的分类可以有四种：（一）历史小说。（二）滑稽小说。（三）佛教小说。（四）恋爱神怪公案及侠义小说。在这四类中，唯有最后一种直接称之为小说，可见当时人以此为小说之主。这个观念，似乎到现在也还没有多少改变。但对于宋以来士大夫的小说观念却大不相同了。

现在我们已把关于小说的书志学的沿革作了一个鸟瞰，因此，我们对于中国小说史的研究，可以分为三个阶段。第一，对于汉魏六朝的小说，我们只能承袭前人的旧观念，以现存的各种志怪、述异、谐谑、言谈、诸书为对象。此类著作，在唐以后虽仍有踵述，但是我们因为对于唐以后的小说当用另外一个观念去研究，故不再注意到它们了。又这一类著作完全是文人所著而为文人所欣赏的，在当时未必普及于民间。民间也许可能有通俗化的小说，但我们并没有幸存的作品可资搜讨。至于汉以前的小说，如班固《艺文志》中所列举者，一则书多不存，二则此种所谓小说的含义与我们距离得太远，故亦不具论。第二个阶段，我们应当特别注意唐宋人的传奇小说。这一类作品，虽然也是文人所著，但欣赏者或已不限于文士。因为一则唐宋时小市民的文化程度已较高，而这些小说文字又渐近通俗。我们也许可以说，唐宋传奇小说是从雅文学转到俗文学去的一个媒介，因为过此以后，我们即当转入第三个阶段，不更去关心宋以后史官所修艺文志中所列的小说，而注目于一切罕见著录而盛行于民间的通俗小说了。这三个阶段，是我们对于中国小说的观念之演变的结果。自此以后，则第四个阶段应该以近代西洋小说输入以后的中国小说为研究对象，那时候，我们的小说史，也许比较的容易与西洋的合在一起研究了。

古今中外的“小说”

读《〈小国近代文学大系〉工作信息》25号，似乎已被“逼上梁山”，不得不把“小说”的种种概念叙述一下。

现在我把历代文学史家及一般人士，对“小说”这个名词的认识列一简表：

〔汉代〕小说家见《汉书·艺文志》，指杂家的思想流派，其著作有历史、政治、方技等通俗书。

〔魏晋南北朝〕指各种新异、神怪的故事，是实有的，作者不承认是虚构的。有《殷芸小说》书名为证。

〔唐代〕唐人不用“小说”这个名词，大概还以为是“小家杂说”，不是讲故事的。唐人用“小话”或“传奇”。“话”即故事，传奇有裴铏作《传奇》书名为证。

〔宋元〕说话人分四家，其中之一为“小说”。说的故事内容为，烟粉、灵怪、传奇、公案、朴刀、赶棒。《三国志平话》不属于小说，而属于另一家：讲史。

〔明清〕混乱了这个名词的概念，几乎把上述一切都称为小说。于是不得不加上一个说明体裁或内容的修饰语。如“笔记小说”、“演义小说”、“章回小说”、“公案小说”、“才子小说”（金圣叹称为“才子书”）等。

〔近代〕小说有了两个概念：（一）继承旧概念，加上新的修饰语。于是有“言情小说”（即烟粉、传奇）、“神怪小说”、“冒险小说”（即灵怪）、“历史小说”（即讲史）、“侦探小说”（即公案）、“武侠小说”（即朴刀、赶棒）。（二）西洋文学名词，通过日本译语，传入中国。但虽然是个译语，还是借用中国旧名。因为西方语文中没有符合“小说”二字的名词。

现在，我们再看一看欧美关于小说的一些名词。

希腊：古希腊文中没有“小说”这个字，只有“历史”。历史事实人神不分，我们今天以为有小说的成分，但希腊人以为都是历史。

英国人称故事为Story，这个字是History（历史）的简化。法语中没有Story这个字，他们仍用“历史”本字（Histoire）。

英国人称长篇小说为Novel，这个字源于拉丁文Nova，意义是“新事”。

法国人称长篇小说为Roman，此字源于“罗马”（Roma），因为罗马颓废时期才开始有这种文学作品。又中古时期出现了歌咏美人与骑士的诗本小说，称为Romance（音译作“浪漫史”，或译作“传奇”）。欧洲大陆人称长篇小说都用Roman，只有英美用Novel。

无论Story，Novel，Roman，日本人一概译作“小说”。

英国人称短篇小说为Story，法国人称为Conte，意义都是“小故事”，等于中国唐宋人所谓“小话”。

英语“短篇小说”（Short story）这个名词大概是19世纪后期美国报刊编辑创造出来的，其实不通。Story本有短篇的含义，长篇的就叫Novel或Roman了。但这个名词，现在已全世界都沿用了。

英语中还有一个字：Fiction，也译作“小说”。在中文里无从区别，但在英、美都有区别：（1）fiction是总的类目，一切长篇、短篇、纯文学小说、通俗小说，都归入这一类。故外国旧书店的图书目录常把存书分为二大类：“小说”和“非小说”（non fiction）。（2）图书馆的正式图书分类，总是把严肃的纯文学小说列入“文学类”或“Novel”类，而把侦探、惊险等通俗小说列入“Fiction”类。这个字就有贬义了。

我们现在使用“小说”这个名词，应当用近代意义，近代小说的特征是：

（1）故事是虚构的，有创造性的，不用社会实事。

（2）故事有情节结构（Plot）。（现代派作家已否定了这一项）

（3）人物性格有典型性。

因此，我说："笔记小说"不是"小说"。说得明白些："不是我们现代所谓小说。"《容斋随笔》、《子不语》，都是"笔记小说"，都不是"小说"。《聊斋志异》中大部分不是小说，只有几篇唐人传奇式的作品，可以认为宋元人的"小说"。看来，宋元人所谓"小说"，倒是接近于现代观念的。他们不把"讲史"列入"小说"，表明他们已注意到讲史的内容是历史事实，而且没有故事结构。

1988年10月18日

说“话 本”

日本汉学家增田涉在1965年发表了一篇《论“话本”的定义》，对“话本”这个名词的诂训提出了疑问，文章发表后，引起了国外和我国台湾学者的热烈讨论。有法国雷威安（André Levy）的《话本定义问题》（1968），台湾乐蘅军的《宋代话本汇说》（1969）、庞德新的《释话本》（1972）。这些文章，我都无缘见到，只在夏威夷大学马幼垣教授赠我的他的大著《中国小说史集稿》（1980）的注文中得知这个信息，已是1982年的事了。

最近，《古典文学知识》1988年第2期发表了增田涉此文的台湾译本的摘要，我才约略知道其内容。他根据备种文献记录中对“话本”这个名词的用法，发现“话本”不能解释为“说话人的底本”，因而他对这个向来为中国学人所沿用的“话本”的定义，提出了疑问。但他也没有给“话本”改下一个定义。

我读了此文，觉得增田涉大约没有正确地理解“底本”这个名词的概念，因而在读到各种文献中引用“话本”这个名词的地方，感到不能用“底本”来解释这个“本”字。这是日本学者对中国语词学的理解太拘束的缘故。

我以为，“话本”是“说话人的底本”，这个定义仍然没有错。鲁迅说：“说话之事，虽在各运匠心，随时生发，而仍有底本，以作凭依，是为话本。”（《中国小说史略·宋之话本》）这是最早的诠释，我们都沿用未改。

《都城记胜》和《梦粱录》都有一条提及“话本”。《都城记胜》的文句较为明白。其文云：“凡傀儡，敷演烟粉、灵怪故事、铁骑、公案之类。其话本或如杂剧；或如崖词，大抵多虚少实。”据此可知：非但说话人有话本，做傀儡戏的、演杂剧的，说崖词的，也都有各自的话本。彼此大致相同，都是既有真实的史事，也有虚构的民间传说。在这里，“话本”的意义是各式民间演唱艺人所依据的底本，也就等于现在所谓“脚本”、“台本”。

“底本”这个名词的含义，应该有三个阶段。首先是：一个能创造故事（话）的艺人，他自己记录下他的讲稿，一则防止遗忘，二则以备随时修改。这是“底本”的最初意义，可以说就是“底稿”。重点在“底”字。这种底本，每一个艺人都各有自己的一份，不向外传的。

第二个阶段是：多数艺人不会自己创造故事。他们没有自己的底稿，就利用师父传授的讲稿，作为他们的底本。这时候，所谓“底本”，应当解释为他所依据的文本。重点在“本”字。

第三个阶段是：当大量的小说故事有了刊印的书本，成为广泛流通的出版物之后，讲唱艺人就用这些小说书为底本。有才气的艺人，能自加穿插；没有才气的艺人，就只会照本宣讲。这时候，所谓“底本”，就是市上流行的小说书了。

明清之间，“话”字逐渐失去了“故事”或“小说”的意义，于是“说话人”变成为“说书先生”。书有“大书”、“小书”之别，大书是史书，小书就是烟粉、灵怪、传奇、公案之类。

如果理解“话本”就是小说书，去读增田涉所引的许多文献，都可以讲得通。可惜增田涉未能悟到这一概念，就被许多“话本”的用法弄糊涂了。

在宋元时，讲史书的都是长篇，所以要分好几十回讲。“回”就是“次”，至今杭州方言还以一次为“一回”。讲史的“底本”，刻成书册，称为“平话”，我们今天还可以见到元至治刻本《全相平话》六种。“全相”即“全像”，亦即有“全部插图”。“平话”即“评话”，有评有话。评是褒奖忠良，谴责奸邪。话是铺陈故事。“话”字被淘汰之后，改称“评书”。小说都是较短的故事，虽然也有分回演讲的，一般都是一回讲完。它们的底本被刻成书册，常是每个故事自成一本小书，每本只有一二十页。

每个故事，各有题目，亦即书名。这种小本故事书，原来都是单本流传的。到了明代，有了书坊的汇刻本，或两个故事合刻一册，或五个故事合刻一册。例如《清平山堂话本》今存三册，十五篇。《雨窗欹枕集》是《六十家小说》的残存本。原书分为六集，每集又分上下卷，每卷收故事五篇。现在仅存《雨窗集》上卷五篇，《欹枕集》上卷残存二篇，《欹枕集》下卷全存五篇。缪荃孙刻《京本通俗小说》，内收小说七篇，另有一篇《定州三怪》，因“破碎太甚”而未刻。又有《金主亮荒淫》二卷，因“过于秽亵”而未刻。缪氏是根据他所得到的影元人写本小说四册而摹刻的，可知原本是每册收两个故事。（《金主亮荒淫》有二卷，大约别为一册，缪氏未计入。）

增田涉引用“话本说彻，且作散场”二例，认为“话本”二字这样用法，“怎么也跟‘说话人的底本’之意，有所不同。”其实，“话本说彻”，就是“这本书讲完了”；“且作散场”，就是在故事讲完之后，还有段小小的娱乐节目，称为“散场”，或称“打散”。唐宋时，各种音乐、歌舞、戏剧表演，都分三段：第一段是序，第二段是正场，第三段是结尾。大曲的结尾是“入破”、“衮”，杂剧的结尾是“散段”，鼓子词的结尾是“遣队”。“作场”也是一个技艺行话，意义是在某处表演。山西洪洞县还保存一座元代的舞台，帐额上留有一段墨笔字：“尧都见爱，大行散乐忠都秀在此作场，泰定元年”。这个语词至今还保存在我乡松江方言中。松江人，特别是农民，凡是要在一块空旷的地方办事，就说要在这里“做场子”。由此可知，“且作散场”这一句中的“散场”，与现代的意义不同。现代的意义是演奏终结，观众或听众纷纷走散。宋元时的“散场”，是一次演奏终结的小节目。

增田涉又引用了二条“话文”的例子，他以为“可知话本和话文意思一样，可交换使用”。这个观点，也有错误。唐宋以来，民间说唱文学有两种类型。一种是以讲说为主，略有诗词助兴。这种文本，称为“话文”。另一种以唱为主，通体是七言韵语，略有一小段散文交代。这种文本，称为“词文”。敦煌卷子有一篇《汉将季布骂阵词文》，即是一例。“话文”

可能是唐代传奇文的发展，“词文”可能是从“变文”分化出来的，也可能是唐代“歌传”的发展，另有一种名为“诗话”的，说唱各半。有诗有话，即有唱有说。现在我们还可见《大唐三藏取经诗话》，恐怕是《西游记》的祖本。由此可知，“话文”和“话本”虽然偶尔可以通用，但其意义并不一样。

增田涉又引明人瞿佑的小说《牡丹灯记》中的一句话：“世上民间作千万人风流话本”，被他所见到的一个注解弄糊涂了。注云：“话本，犹话柄也。言说话之本也。”这个注不知何人所加，也不知见于哪一个版本的《剪灯新话》，我未尝见过。但可以断言这个注文是错误的。不能将“话本”与“话柄”混淆。此文所谓“风流话本”，实即“风流故事”、“风流小说”之意，仍是“话本”的原意。

只有明确理解宋元明人所谓“话本”，相等于现代的“小说书”，增田涉所不理解的许多“话本”，都可以讲得通，而《古今小说》序文中那一句“命内珰日进一帙”的例子，也不是什么“特例”了。

以上是我读了增田涉的文章而写下的一些意见。大约增田涉不能理解“底本”的“本”字含有“书本”的意义，因而发生了怀疑，但我所见到的只是增田涉文章的中译本的节录本，不是全文。因此，对于增田涉的意见，暂时还只能采取保留态度。

我对于“话本”这个名词的现代用法，确实存在着另一个疑问。既然“话本”是“百戏伎艺”人的底本，无论讲史书的、讲佛经的，说话（小说）的，甚至做傀儡戏的，都有“话本”，可知“话本”只是一个通名，并不专指某一种文艺形式。我们现在把宋元明人那些短篇“小说”，即所谓“烟粉、灵怪、传奇、公案”的故事，称为“话本”，这样，它就成为一种文学型类（genre）的名词，这就与《梦粱录》、《都城记胜》诸书中“话本”的用法不同了。南宋人罗烨作《醉翁谈录》卷一《舌耕叙引》中记录了小说类的名目 107 种，并没有说它们是“话本”。明嘉靖间晁氏《宝文堂书目》著录“词话”112 种，清初虞山钱氏《也是园书目》也有“宋人词话”百余种，都没有以“话本”为门类，《雨窗集》、《欹枕集》

是《六十家小说》中的两集，也没有标题为“话本”。《清平山堂话本》这个书名是马廉标题的，不是原有。明万历间，熊龙峰刻小说四篇，也没有称为“话本”。由此可知，直到清初，还没有人把这一形式的宋元短篇小说称为“话本”。它们不是被题作“小说”，便是被题作“词话”。

然而我们现在却常用“话本”，把它作为宋、元、明短篇故事的文学类型名词。文学史家或称“话本”，或称“话本小说”，也有人称为“平话小说”的，似乎都混淆了文学史名词的概念。正确地说，现在所谓“话本”，应当仍称“小说”，不过这是恢复宋元时代俗文学的名词，专指短篇故事，不包括经史故事。“话本小说”这个名词的“小说”，是用了现代意义，把“话本”作为小说的一种，我以为，如果用文学史概念来定名，应当称为“小说话本”，表示它们是说小说人的“话本”。至于“平话小说”个名词，用来指烟粉、灵怪、传奇、公案等故事，都是错误的。“平话”和“小说”是两种不同的文学类型。“平话”的内容是演讲历史故事，“小说”的内容是讲说人情、社会种种奇闻异事。

“话本”是“说话人的底本”，这个定义仍然没有错。但“说话”有四家，每家都有自己的“话本”，可知“话本”并非专指“小说”家的底本，况且它的作用还可以扩大到演傀儡戏的人。因此，“话本”只是一个通名，而我们现代却使它成为一个文学类型的名词，恐怕确实是用错了。

〔附记〕

我所有的关于俗文学研究的书籍资料，都在60年代卖光了，至今手头一本也没有。这篇文章完全是凭记忆写的，其中有许多名词、数据，未经核实。引文也是从第二手资料抄来的，亦恐有误。姑且以此稿就正于当世学者，将来再逐一勘正。

又，“话本”的“话”字，意义为四家说话人所讲的故事。故我译作“小说书”，这里“小说”二字，是用的现代语意义。但在写此文时，发现鲁迅对“话本”的理解，似乎是“白话文本”。因为《中国小说史略》第12篇《宋之话本》第一段有云：“然在市井间，则别有艺文兴起，即以俚语著书，叙述故事，谓之‘平话’，即今所谓‘白话小说’者是也。”据此可知鲁迅以“平话”为白话俚语，以“话本”为白话文本，恐怕也是贤者千虑之一失。

1988年7月25日

【附录】

论“话本”的定义

〔日本〕增田涉

“话本”在中国小说史的研究上异常重要。现代的白话体小说即起源于话本。然而对“话本”一词的传统定义，我早就有所质疑。在此，我把这些疑问公开提出，就教于诸位学者。

在宋代瓦舍里，有所谓“说话人”的职业伎艺表演者，而他们即以“说唱故事”的“话本”作为底本。随着，这“说唱故事”被加以润饰而编成“读物”（鲁迅称之为“拟话本”），而后演变成留传至今的元、明或清的各种白话小说，因此，“话本”大概就是白话小说的根源。

从现存的《醉翁谈录》、《绿窗新话》或者“清平山堂”所刊行的小说（或者《京本通俗小说》）等资料看来，当时可能有由这种“说话人”所讲的说唱故事的底本。但是，是否此种底本就叫作“话本”，却令人怀疑。事实上“话本”一词根本没有“说话人的底本”的意思。

从字面来看是“说话之本”或者是“说话人之本”的意思，这个是很容易被接受的解释，谁也不至于怀疑。但是再详细考察它的惯例用法时，我们发现“话本”有“故事”，但是没有“说话（人）的底本”的意思。这也就是笔者所怀疑的问题。

在清平山堂的《简帖和尚》、《合同文字》、《陈巡检梅岭失妻记》等白话小说的末尾有“话本说彻且作散场”（或者“话本说彻权作散场”）的话（另外，熊龙峰四种小说的《张生彩鸾灯传》末尾也有同样的话）。这儿所用的“话本”一词，怎么说也跟“说话人的底本”之意有所不同。如把“话本说彻”解释为“据底本全部讲完”未免不通，如把“话本”解释为故事，这句话的意思就是“故事说到此为止”，这不但容易了解，而且可以接受。我另外从一些所谓“话本”中举更多有关话本一词用法的例子：

许宣见了，目睁口呆，吃了一惊。不在姐夫、姐姐面前说话本，只得任他埋怨了一场。（《警世通言》二十八《白娘子永镇雷峰塔》）

而今说一个做夫妻的被拆散了，死后精灵还归一处、到底不磨灭的话本。（《二刻拍案惊奇》六《李将军错认舅　刘氏女诡从夫》）

如今待小子再宣一段话本，叫做“包龙图智赚合同文”。你道这话本出在那里？乃是宋朝汴梁西关外义定坊有个居民刘大，名天祥……（《初刻拍案惊奇》三十三《张员外义抚螟蛉子　包龙图智赚合同文》）

那白秀英道：“今天秀英招牌上明写着这场话本，是一段风流蕴藉的格范，唤做‘豫章城双渐赶苏卿’。”（七十回本《水浒传》五十《插翅虎枷打白秀英　美髯公误失小衙内》）

这两世相逢、古今罕有、至今流传做话本。（《古今小说》三十《明悟禅师赶五戒》）

就前两个例子来看，话本显然是故事的意思，说什么也没有“说话（人）的底本”的意思。

后三例中“话本”的意思在前后文中也是指“故事”而不是“底本”。同样的例子还可以列举如下：

这话本是京师老郎流传。（《古今小说》十五《史弘肇龙虎君臣会》）

这段话本叫做“汪信之一死救全家人”。（《古今小说》三十九《汪信之一死救全家》）

这段话本则唤做“新罗白鹞，定山三怪”。（《警世通言》十九《崔衙内白鹞招妖》）

这里所用的“话本”一词，参较以“话本说彻”之用例，应解释为故事之意，而不是写定的底本。尤其“这段话本”可顺理成章地解释为“这一段的故事”。

话本有时亦称“话文”。这也可以举例说明：

若有别桩希奇故事，异样话文，再讲回出来。（《醒世恒言》三十五《徐老仆义愤成家》）

从“希奇故事”对“异样话文”的用法可知“话文”相当于“故事”。其次：

这本话文叫做“积善阴骘”，乃是京师老郎传留至今。（《初刻拍案惊奇》二十一《袁尚贤相术动名卿　郑舍人阴功叨世爵》）

这段话文乃是四川新都县有一乡官，姓杨，是本朝甲科。（《二刻拍案惊奇》四《青楼市探人迹　红花场假鬼闹》）

从上例中可知话本和话文意思一样，可交换使用。但是在有些地方，两者之间的含义有所差异。这也许是作者的差异。这可由下例说明：

不如“崔俊臣芙蓉屏”故事，又全了节操，又报了冤仇，又重会了夫妻，这个话本好听。（《初刻拍案惊奇》二十七《顾阿秀喜舍檀那物　崔俊臣巧会芙蓉屏》）

从来说鬼神难欺，无如此一段话本，最真实骇听。（《初刻拍案惊奇》十四《酒谋财于郊肆恶　鬼对案杨化借尸》）

由此看来，话本好像是供听赏的。但是“话文”，从下例来看，含义有所不同。

所以今日依着本传，把此话文重新流传于世，使人简便好看。（《初刻拍案惊奇》十三《陶家翁大雨留宾　蒋震卿片言得妇》）

从此例来看，话文似乎是供阅读的。这样的话，更符合现在通行所谓“话本”的意思，然而，在上举例文后，原文接着“有诗为证”：

片言得妇是奇缘，此等新闻本可传，扭捏无端殊舛错，故将话本与重宣。

在这里，与为话本，因此“话本”与“话文”也许因含义不同而分别使用。所谓“话本”并不仅是说话人或者白话小说的用语。这语词也见于明初文言小说的《剪灯新话》中的《牡丹灯记》：

灯前月下逢五百年欢喜冤家，世上民间作千万人风流话本。

在新话的句解本里，于话本下注“话本犹话柄也，言说话之本也”。似乎把“说话之本”解释为“故事的材料”。上例文中“风流话本”的“话本”在下例中变成“说话”：

变成一本风流说话。（《古今小说》三《新桥市韩五卖春情》）

还有：

闻得老郎们相传的说话，不记得何州甚县，单说有一人……（《古今小说》二《陈御史巧勘金钗钿》）

说话与话本之具有相同意味，只要对照上文中所举例文“这话本是京师老郎流传”（《古今》十五）就显而易见的，也就是说“话本”“话文”，或“说话”都是指故事。

在这里，再谈鲁迅《中国小说史略》所引用的《梦粱录》“影戏”之条。

> 其话本与讲史书者颇同。

这里所说的话本实际上自可解释为“故事”。即影戏所演的“故事”与讲史书者所讲相同。鲁迅只引用“影戏”条之文，但在同书《梦粱录》“百戏伎艺”中之“傀儡”条也有如下之文：

> 凡傀儡，敷演烟粉、灵怪、铁骑、公案、史书历代君臣将相故事话本，或讲史，或作杂剧，或如崖词。

上文亦见于《都城纪胜》“瓦舍众伎”条中，但文字多少有出入，而《纪胜》之文较为明显易解：

> 凡傀儡，敷演烟粉、灵怪故事、铁骑、公案之类。其话本或如杂剧，或如崖词，大抵多虚少实。

归根结底，傀儡戏跟影戏一样，演出各种“故事话本”或“话本”，这就如同讲史或杂剧或崖词一样，“虚多实少”。这样的话，“故事话本”或“话本”解释为具体的读本，还是解释为抽象的故事好呢？笔者断然以为是后者。大体上，“小说”或“演史”等的讲说或必赖底本，但是“影戏”或者“傀儡”这种表演是否亦赖底本是个疑问。

“话本”之语虽未见，但前例“这本话文”或“一本风流说话”等等，在“话文”或“说话”上加的“这本”、“一本”容易令人以为是“这一本”、“一册”之意。不过这里的“说话”或“话文”还是指故事之意。现在举例说明。大概活跃于南宋初期的董解元的《西厢记》卷一中有如下的句子：“唱一本儿倚翠偷期话。”这是“唱一则恋爱故事”的意思，另外同书中还有如下的例子：

此本话，说唐时这个书生，姓张名珙、字君瑞，西洛人也。(卷一)

张生因僧好见许，以他辞说道：“比及归去，暂时权住两三月，欲把从前诗书温阅。”若不与后，而今没这本话儿。(卷一)

另外再举《初刻拍案惊奇》中的几个例子：

这本话乃是元朝大德年间的事。(卷九)

此本说话出在祝枝山《西樵野记》中。(十二)

这一本话文，乃是国朝成化年间浙江杭州府余杭县，有一个人…… (十二)

此本话文，高公之德、崔尉之谊、王氏之节，皆是难得的事。(二十七)

所以宣这个话本，奉戒世人切不可为着区区财产，伤了天恩。(三十三)

从上例的“一本……话”，“此本话”、“这本话儿”、“这本话”、“此本说话”、“一本话文”、“此本话文”、“这个话本”等等来看，一般说来“本”是形容“话”之词。像这样的用例在“清平山堂”的《简帖和尚》中也可以看到：

变出一本跷蹊作怪底小说来。(《古今小说》三十五《简帖僧巧骗皇甫妻》中“底”作“的”，其后之文字完全相同。)

上例中，“小说”是故事的意思，同“话”、“说话”、“话本”、“话文”等语。因此，“一本”还是指“故事”。这点从如下《京本通俗小说》中《西山一窟鬼》所见的例文，更可确认：

变做十数回跷蹊作怪的小说。

这是跟前面所举的例子文字大体相同，只不过是“本”作“回”。因此“本”与“回”显然是以同样的意思使用。

从上举各例中可以确定“话本”不是“说话人的底本”，而是“说话”，跟“话文”或“小说”具有相同的意思。唯一成为问题的是《古今小说》“叙”中的一段文字：

> 按南宋供奉局，有说话人，如今说书之流。其文必通俗，其作者莫可考。泥马倦勤，以太上享天下之养，仁寿清暇，喜阅话本，命内珰日进一帙，当意，则以金钱厚酬。

太上皇不但“喜阅话本”，而且“命内珰（宦官）日进一帙”。大概这是根据郎瑛《七修类稿》的“说起宋仁宗。盖时太平盛久，国家闲暇，日欲进一奇怪之事以娱之”。《七修类稿》中写为“日欲进一奇怪之事”，而“古今小说”的“叙”中写为“日进一帙”，这意味着“书本”。不过“话本”作为具体的书本解释，不见于上举各种文献中的例子。《古今小说》“叙”中的例文只能视为特例。如果没有另外更客观的例文佐证的话，我们不能断定“话本”有“书本”的意思。另外，这里的“话本”也可解释为“故事”。就是说太上皇喜欢看故事，因此命宦官每天呈上故事书。这种解释也合乎道理。因而，笔者认为这里的“话本”也可以改为“话文”、“说话”或“小说”等含故事之意的抽象语。

“变文”的“变”

《古典文学知识》1986年第五期有一篇白化文同志的《什么是变文》，介绍了敦煌文学中“变文”的各方面情况。此文谈到“变文”的“变”字的意义。作者说：

> 至于为什么叫“变文”，前人，特别是当时的人，没有留下明确说明，以致现代的专家聚讼纷纭。……有主张“变”是从梵文（或巴利文等）音译的，有主张为意译的，也有主张是音兼意译的，莫衷一是，都因未找到非汉文对应性材料而不能下定论。

作者又引用周绍良先生的解释：

> “变”之一字，也只不过是“变易”、“改变”的意思而已，其中并没有若何深文奥义。如所谓“变相”，意即根据文字改变成图像。变文，意即把一种记载改变成另一种体裁的文字。……如依佛经故事改变成说唱文，或依史籍记载改变成说唱文。……

最后，作者认为周绍良先生的解释是“现阶段解释‘变文’含义的最为平正通达的意见”。

除了敦煌曲子词以外，我已有三十多年没有涉猎敦煌文学。关于“变文”、“俗讲”的三十年来诸家研究论文，我几乎可以说都没有看过。这回偶然读了白化文同志的文章，才知道“变文”的“变”字，至今未有确诂，这使我有点诧异。我不知道白化文同志有没有看过新中国成立以前有关“变文”的文献。

1939年，我在昆明云南大学。向觉明（达）刚从英国回来，带来了他从伦敦博物馆里抄录的敦煌文件和许多摄影胶卷。他在历史语言研究所任职，也在昆明，因此我们在昆明开始了朋友交谊。他带回来的“宝物”，引起了我研究敦煌文学的兴趣。我向他借了一部分变文卷子，用《世界文库》中发表过的一些“变文”排印本来校读，校定了《世界文库》本的许多误字。《世界文库》本的《王陵变》是个残卷，我从向觉明的抄本中补全了。在这一二年间，我们也谈起了“变文”这个名词的意义。尽管我们都以为这个“变”字是古印度文的音译，或谐音，但在中国文献中尚未找到证据，因而不敢轻易论定。

1941年到1945年，我在长汀厦门大学，看了许多古书。我找到了一些关于这个“变”字的资料，逐渐地肯定这个“变”字的意义应当是“图画”。1947年，在上海遇到向觉明，我把我的资料抄给他，他看了很高兴，也认为可以肯定这个“变”字就是“图画”。不过，他还想向印度学者去请教，希望能找到原字。他回北京之后，曾在一篇文章末尾，加了一个附记，说明了我的观点，但他没有宣布我提供他的资料。新中国成立以后，只有在60年代，他的《蛮书校注》出版后，我和向觉明才通过几次信，谈的都是关于《蛮书》的事，没有谈到“变文”，也不知他发表过关于“变文”的文章没有。

现在，看了白化文同志的文章，我觉得应当把我的观点和论据公开出来，供青年一代学者的研究和讨论。

最初，我在杨伦的《杜诗镜诠》卷九中发现了一个注，在《观薛稷少保书画壁》这首诗中，有一句“又挥西方变”，杨伦注云：“言西方诸佛变相。《酉阳杂俎》：唐人谓画亦曰变。”这个注，肯定了“变”即是“画”。杨伦此书，序于乾隆五十六年（1791），可知几乎在二百年前，已经有人知道“变”就是“画”。《酉阳杂俎》是唐代段成式所著，其中多记长安、洛阳许多佛寺中的壁画。但段成式没有明说“变”就是“画”，杨伦的注不是引用原文，不过表示从《酉阳杂俎》中知道“唐人谓画亦曰变”。这是杨伦根据他的了解而得出的结论，还不是坚强的证据。

后来，我在《续高僧传》卷二十三的《释静蔼传》中见到一句：“与同伍游寺，观地狱图变。”这里“图变”二字构成一个名词，“图变”就是“图画”，已无可疑。高僧静蔼卒于北周宣政元年（578），年四十五岁。可知“地狱变”在南北朝时已有。

接着，我又在《宋高僧传》卷十七的《法照传》中见到一个佛教文献记录：“神龙元年九月十四日，敕废《老子化胡经》，并除毁天下诸道观所画化胡成佛变相，及僧寺所画玄元之形。”这里的“变相”就是“变像”，画的是老子化胡的故事，没有什么“改变”，也不可能理解作故事变成图画。

此后，读唐诗僧皎然的文集，又发现了三个例子：

> ①“乃于宝胜殿内，按经图变。”（《画救苦观世音菩萨赞》）
>
> ②“遂图此变，以答佛慈。”（《画药师琉璃光佛赞》）

这两例中的“图”字都是动词，“变”字都是名词，也只能解作“画”或“相（像）”。

> ③“示疾之际，骄阳久愆，嘉苗若燎；辞世之夕，风号雨暴，大地惨黩，亦我法凌迟之变也。”（《苏州报恩寺故大和尚碑》）

这是说苏州报恩寺和尚在患病的时候，气候酷热，禾稻都焦了；在他死的那一晚，风雨暴作，大地凄惨。作者以为这是佛教衰亡的现象。因此，这个“变”字，也不能误解为天气变化的“变”，而应当解作“图像”。而且，尤其可以注意的，是这个例子中的“变”字已不是佛教文学的名词术语，而给一个普通的“变”字赋予了新的意义和词性。

谈到“变文”的时候，许多人都引用唐代诗人吉师老那首诗：《看蜀女啭昭君变》。可惜大家都没有研究这个诗题。例如白化文同志也说：“演变文时，唱占重要地位。”既然唱占重要地位，为什么吉师老的诗题不用《听蜀女啭昭君变》呢？应当理解这个诗题中的“看”字和“变”是有关系的。我以为这个诗题，如果译成现代语，应当是“看一个四川姑娘用歌词来讲解王昭君故事的连环画”。诗人“看”的是“变”（画），听的是“啭”。这样一讲，就可知“变文”以“变”（画）为主，更可以从这个“看”字证明“变”就是画。

我以为以上几个例子，都可以证明杨伦的注是正确的。现在我把几个有关名词分别作一个注解：

变 这是一个外来语的音译，义为“图画”或“图像”。这个字可能来自印度古文，因为最先见于佛教文学。印度古文的原字尚未考得。但在英语中，画作 Paint（动词），Painting（名词），亦作 Picture（名词）。在法语中，画作 Peindre（动词），Peintare（名词），其他如德语、西班牙语或意大利语，也都差不多，其特征是都以 P 发音，而我们的“变”字，也以 P 为声母。这里，不能说没有关系。我推测，这个印度古字，经过阿拉伯而传入欧洲，成为 Paint，经过中国西藏或新疆，传入内地，成为“变”。

变相 即“变像”，六朝以后，“像”字简化作“相”，这是个民间文学中的俗字。“变相”是一个名词，义为图画。这个名词的结构，和“卡车”一样，上一字为音译，下一字为义译。

变文 盛行于唐代的一种民间文学，最初属于佛教文学，在佛寺中悬挂各种有关佛教故事的图画。例如“地狱变”或称“地狱变相”，画的是地狱中对人世恶人的种种刑罚。“目连变”或称“目连变相”，画的是目连入地狱救母的故事。这种佛教故事画，在斋会期间，有和尚讲解给善男信女听，作为宣传佛教的方法。这种讲解的底本，就称为“变文”。变文有完全散文的，也有说白与歌赞混合的。民间文学作家采用变文的形式，改用历史人物的故事为内容，于是出现了“昭君变”、“王陵变”之类的俗文学作品。全用散文说白的变文发展成为宋元以后的演义小说。说白与歌赞混合的变文，发展为宋元以后的“词话”或“弹词”。

唐代的变相，有的画在佛寺的壁上，成为唐代的壁画艺术，有的画在一幅幅纸上，这是街头艺人所用的，比较寒俭。佛寺里讲经所用的大多是彩丝绣画。宋元以后，木刻本的词话或演义小说，都有插图，书名上常常加“绣像”二字。其实明明木刻画像，却还称为“绣像”。这就是唐代变文的遗风。

每一个故事，按照每一段情节，分为许多变相。宋元以后的带插图的词话或演义小说，就不一定能在插图上表现整个故事。只有插图多的，书名上就加“全相”二字，例如《全相平话三国志》，这就是说明每一回书都有一个插图。这一类的书，大多是上半页插图，下半页文字，逐渐演变而成为今天的“连环图画”。

讲解或说唱变文故事，不是一次可以讲完的。和尚或街头艺人，每讲到故事高潮，或讲到预定时间，就要向听众交代一句：“欲知后事如何，且听下回分解。”下回就是下一次。这本来是口说的时候才用得到，后来口说的底本变成木刻的书本，应该把每个段落改称“一章”，可是因为久已成为习惯，所有的演义小说都仍然用“第一回”、“第二回”。每回的标题称为“回目”。到这个时候，“回”字已成为“章”、“节”的小说专用名词。到了近代，许多人不知道这个“回”字的来历，于是文学史家把这种有回目的小说称为“章回小说”。这个“章”字是用来解释“回”字的。

以上，我把“变文”的“变”字及其有关名词都作了解释，我以为，已经可以肯定“变”就是“画”。我估计，古书中一定还可以找到许多例证，比如《一切经音义》、《翻译名义集》、《佛尔雅》和许多佛教典籍，还有日本人编的几种佛教辞典和《大正大藏经索引》，或者也可以找到更明确的例证，未必如白化文同志所说的“前人没有留下明确的说明”。可是，这些书我都没有机会检阅过。我希望青年学者能继续做些深入的研究。

1986 年 7 月 10 日

【补记】

“变文”这个名词既然在六朝时已有，则六朝文献中一定有作图像解的“变”字，但我一向找不到，因此还不能证实我的解释。我说“变文”即“图文”，也不很有人同意。近来为研究生讲司马相如的《子虚赋》，在“弹睹众物之变态”句下，郭璞注云：“变态，姿态也。”他把“变”字释作“姿”，于是“变态”二字就成为一个同义联绵词，而没有变化、变动的意义。这就解决了我的问题。

1986 年 11 月 28 日记

再谈“变文”的“变”

·答胡天民同志·

天民同志：

尊作见到，我那篇文章（编者按：指《古典文学知识》1987 年第一期中《“变文”的“变”》一文）的意义，似乎你没有完全理解。我的设想是这样的：

一、变文是寺院僧侣向听众作通俗宣传的文体，一般是通过讲一段唱一段的形式来宣传佛经中的神变故事。变，原为动词变化、变幻之义。但“变文”的“变”，却不能是个动词。否则只能解作“改变了的文章”，所以，我认为，这个“变”字，是从动词转化为名词了。

二、我发现，这个“变”字，在晋、宋时，已可作名词用，意为变化的现象、物象。《子虚赋》郭璞注“变态”首先透露这个消息。他是把“变”字作为名词来注的，故“变”即“姿”，他理解的“变态”即“姿态”，不是变化的状态。

三、到唐朝，这个“变”字已成为佛教文学词汇，意为图像、图画，所以出现了“按经图变”这样的句子。最近我又找到一个例子：

永泰寺内东精舍，有隋中大夫郑法士画释迦灭度之变。（见《两京新记》残本）

请看这个“变”字，是否可以证明它是一个名词？它的意思是否是图画？

四、你说：“‘变’字历来没有‘图’、‘画’之义。”这跟你没有了解文字意义的发展有关。到过龙门、敦煌的人，都知道其中的石刻、壁画中的内容，常被称为“经变”。何谓经变？经是佛经，变即图画、图像。即以莫高窟壁画中的经变题材而论，名目极多：西方净土变、东方药师变、弥勒变、法华经变、维摩经变、金刚经变、报恩经变、华严经变、降魔变、涅槃变、金光明经变、楞伽经变、陀罗尼经变等等，这些“变”字，都只能讲作“图”或“像”。

五、为什么不用“图”、“画”字，而用“变”字呢？因为我怀疑“变文”的梵文名词可能是一个“P”发音的字，译者要突出这是佛教故事画，故选用了一个同有“P”音的“变”字。佛经不用“颂”字，而用“偈”字，亦与此情况相同。

六、“变”仅用于佛教画，故变文为说唱佛教画中的故事文本，后来有了昭君变、王陵变，非佛教故事画，但它们也是佛会上娱乐佛教徒的节目。一般的图画，不用“变”字，没有听说过“虢国夫人游春变”、“王维雪里芭蕉变”。

因此，“变”字只能解释为佛经故事画，不是一切的图画，它是一个佛教词汇。

这样说明，你以为可以同意了吗？

施蛰存

1987年7月18日

【附录】

一、国内学者对敦煌文学的考证和对“变”的字义解释

（1）在《佛教辞典》中，“变化”、“变身”等辞，“变”均作“变化”、“变异”解，特指释迦或菩萨的变幻化身。“变化生”一辞，则指由“化身”而产生的“变幻的人”，并非由母胎生下的人。“变化法身”则指“菩萨的化身”。此外，还有“变幻无常”、“变化莫测”等。可见，在佛教用辞中，“变”都具有“变化”、“变幻”、“无常”之意。

（2）郑振铎的《插图本中国文学史》（1932）中，把变文解释为“把印度佛教经典中的古典故事，变成听众易于理解的通俗故事”，即“变”为“变化”之意，“变文”是改变了文体形式的文学。他在《中国俗文学史》中，又进一步把“变文”解释为有讲述和演唱两个部分，讲的部分为散文，唱的部分为韵文的一种通俗文学。

（3）《宋高僧传》卷三中，也根据“大乘义林章”把“变”字作“变古典之形”解。

（4）孙楷第在《论中国短篇白话小说》（1953）中，把“变”解释为“特殊的”、“非常的”，而“变文”则是一种叙述关于佛教的异常事迹的小说体裁。

二、国外学者对敦煌文学的考证和对变的字义解释

（1）捷克汉学家耶洛斯拉夫·普利西克在《中国通俗小说研究》（1939）中，把“变文”解释为“用半口语体的韵文，把深奥的经文改写成通俗的故事，这种文体和语法成为此后在中国流行的通俗小说的先驱”。

（2）法国敦煌学家保尔·贝利奥把“变文”解释为“代表佛教中永恒真理（佛、菩萨）的暂时形象（化身、变身）的故事”，并认为

“变”是“把散文（俗语）和韵文（文言）混合在一起的特殊的文体”。

(3) 捷克东方学研究所赫尔可久娃在《关于敦煌变文中的若干问题》中提出，由于敦煌变文只是在某个限定的时代里出现的（此后即告绝迹），因此对“变”和“变文”的定义只能作大概的解释，而不可能作出肯定的结论。她认为：“‘变文’相当于梵文的 Parinnama（变化之意），‘变’是指用各种场面（即情景）的移动和变化，表演出释迦和其他佛教圣人的一生事迹的、叙事诗式的故事。另外，‘变相’是梵文 Mandara 的译名。”

(4) 尤琴·奥扬在《变和变文》中更明确地指出：“变为‘演出戏剧’之意，变文则为记录这一戏剧的脚本。因此，‘变’包括演唱、演艺、图画（壁画或画卷），缺一不可。这是一种活生生的艺术表现形式。另一方面，变文只是演唱艺人使用的话本而已。”

(5) 法国的保尔·多米维伊教授把“变文”解释为“演剧文学”，“变相”解释为“演剧画”。

笔者认为，最有说服力的是尤琴·奥扬的解释。

三、对施蛰存的见解提出若干商榷

施蛰存《“变文”的“变”》—文（《古典文学知识》1987. 1），断言“变”的定义似乎在三十多年前就已有确诂。这一点，上述国内外学者的见解纷呈，就证明未有定论。再看：

(1) 施蛰存认定“变”是一个外来语的音译，义为“图画”或“图像”。其证据是，这个字最先见于佛教文学，很可能来自印度古文，而且英语（Paint）、法语（Peindre）和德语等西欧文字中的“图画”一词，都以 P 发音，与我国的“变”字的发音相近。

笔者认为，这种推测的说服力不大。因为，中国自古就有“图”、“画”两字，在翻译印度古文时，根本没有必要作音译，而且偏偏译成难解的“变”；何况目前也找不到印度古文中，有发音为“变”，其义为“画”的相应名词。再者，施先生又在该文的补记中举出司马相如的《子虚赋》中“弹睹众物之变态”之句，“郭璞注云：‘变态，姿态也’。”因此就断定“变”与“态”同义，而没有变化，变动的意义，并用以证明“变文”即“图文”。这，一方面推翻了他的“变”是“音译”的结论，另方面也是对我国古文的“变”的曲解。笔者认为，郭璞的注中，姿态是指“众物之千姿百态”，可见“变”仍具有“变化不定”之意。此外，《白虎通》有“变者何为，变者非常”之句；《文心雕龙》中有“通变”一章，“通”即“常”，“变”即“非常、变化”。可见，“变”字历来没有“图”，“画”之义。

（2）唐诗中常出现“变”字。例如吉师老诗《看蜀女转昭君变》：

“妖姬不穿石榴裙，自道家傍锦水漬，擅口知解千载事，清词堪叹九秋文。翠眉颦处楚边月，画卷开时塞外云，说尽绮罗当日恨，昭君传意向文君。”

施先生把这首诗作为“变就是连环画”的主要论据。他认为：

“可惜大家都没有研究这个诗题。例如白化文同志说：‘演变文时，唱占主要地位。’既然唱占重要地位，为什么吉师老的诗题不用《听蜀女转昭君变》呢？……我以为这个诗题如果译成现代语，应当是‘看一个四川姑娘用歌词来讲解王昭君故事的连环画’。诗人‘看’的‘变’（画）、听的是‘转’。……更可以从这个‘看’字证明‘变’就是画。”

笔者认为，全诗着重在“看”蜀女的出色演唱技艺，却并非在“看”画卷，也不是单纯的听蜀女“讲解”王昭君故事。这就证明了白化文同志“演变文时，唱占主要地位”之说。笔者再作点补充：演变文时，演和唱占主要地位。应特别注意的是题目中的“转”（啭）。六朝以来的僧侣把吟诵佛经（唱经）称作“转读”。“转读”时，不但唱的调子有一定规则（腔调），而且还有乐器伴奏（咏唱佛经时，有木鱼、铙、钹等乐器，在演变文时，想必也有某些乐器伴奏）。可见，

“啭昭君变”时，观众不只是满足于“看”蜀女手中展示的画卷和听她的“讲解”，而是更热心于欣赏她的演唱、表情和演技。这充分说明“变”包括演唱、演艺、图画三个缺一不可的方面。正如我们只说“看戏”而不说“听戏”，吉师老的诗题也自然不作“听昭君变”了，“变”在当时是一种“演剧”，而“变文”则是“演剧文学”。

(3) 施先生用来证明“变”就是“画”的其他几例，理由也不够充分：

《续高僧传》卷二十三的《释静蔼传》中的“与同伍游寺，观地狱图变”。不应理解为“图变就是图画”，应该是“观寺僧在地狱图前演唱变文”。

《清照传》中的“除毁天下诸道观所画化胡成佛变相”。“变相”应指“用于演唱化胡成佛变文之图”，而不应单纯指“图画”。

在他列举的三首唐诗中，有“按经图变”、“遂图此变”、“亦我法凌迟之变”。笔者认为，前两句可解释为“按经文的故事剧情（‘变’）作图”（此图可供寺僧演唱、“变文”）；第三句的“变”似指“异变”，而不应理解为“图画”。

综上可见，“昭君变”、“地狱变”、“目莲变”等的“变”，在一般情况下系指“演出剧”，在特定情况下也可指“变文”（剧本）或“变相”（演剧用的壁画或画卷）。如果解释为“画”，就很难说得通。

四、有待考证和研究的问题

(1) 一般都认为后世的平话和俗语小说是由“变文”的讲唱部分（即散文和韵文并用的文体）演化而来的，而元代的杂剧则是由“变”（即演、唱、说白和画景并用的演剧形式）演化而来的。但是，这种演变过程至今仍未得到充分的考证。

据推测，唐代盛行的变和变文的突然消失，是唐末大规模镇压佛教引起的。宋代开始出现了俗语小说，可惜北宋时期的话本并没有流传下来，南宋以后也只有少数残本被发现。从唐末到元之间出现四百多年的空白。有待进一步的发掘、考证和探索。

（2）一般认为，佛教被禁压以后，说讲变文的艺技是由僧侣授传给市井艺人的。宋代以后，由于大都市中商业发达，娱乐场所也十分繁华，使得失去了佛教色采而作为新的说讲艺技出现的“说话”（说书）日益发展。到元代，以杂剧的形式出现的戏剧也迅速而广泛流传。但是，这种艺技的演变和发展，也没有充分的历史资料可证。

胡天民　《社科信息》1987 年 5 月

《邻二》的逸文

茅盾先生的散文集中，有题名为《邻一》、《邻二》的两篇，是他早期的作品了。1929 年秋，我和戴望舒、刘呐鸥创办《新文艺》月刊，那时茅盾先生方从“牯岭到东京”，潜心于文学的创作，因此也给《新文艺》月刊写了三篇散文，即现在集中所收的《樱花》、《邻一》、《邻二》是也。

《邻二》那篇散文发交印刷所排印时，被印刷工人遗失了最后一页原稿，于是有三四行文字无从排版，作者又远在东京，一时也来不及补送原稿，只得由我胡乱地加上了几个字，让它结束了。现在《茅盾散文集》中《邻二》那一篇的末一句是：“美妙的眼睛惘然望着辽远的池里的绿水。”这“池里的绿水”五个字乃是我加上去的。说是“辽远的池里的绿水”，实在加添得不高明，只是因为急着杂志的出版，也就顾不得了。

那篇散文印出来后，茅盾先生曾经就他的底稿上补抄了遗佚的字句寄来，但因为《新文艺》已经停刊，就没有机会把他的来信登载出来，让读者改正，不久之后，连那封信也找不到了。

在茅盾先生那方面，似乎他的底稿也早已遗失了，所以收在他自编的散文集中的《邻二》，还只是当初《新文艺》月刊上登载出来的那样子，并没有把我胡乱加上去结束了的文字改正过来。

前几天整理旧书，出乎意外地，却在一本《万人丛书》的《亨利·爱思蒙传》中找出了茅盾先生的那封信，《邻二》的最后一节原文宛然仍在，真是一种可贵的文献了，故为刊录于此，使读过那篇散文的，或买了《茅盾散文集》的读者，能把它改正过来，还它的本来面目。那原文是这样的：

……美妙的眼睛望着辽远的不知所在的地方，小脚踏车的寂寞的孩子又沙沙地跑过又回来了。

这寂寞的孩子！这寂寞的少妇！然而他们又无法互相安慰这难堪的春的寂寞。

在春静的明窗下看到了这诗一样的小小的人生的剪片，我们的心不禁沉重起来了。

1935 年

《戴望舒译诗集》序

戴望舒的译外国诗，和他的创作新诗，几乎是同时开始。1925 年秋季，他入震旦大学读法文，在樊国栋神父的指导下，他读了雨果、拉马丁、缪塞等法国诗人的诗。中国古典诗和法国浪漫派诗对他都有影响，于是他一边创作诗，一边译诗。雨果的《良心》，恐怕是他留存的一首最早的译诗。但这里印出来的译文，已是经过了多次修改，不是最初的文本了。

1927 年"四一二"事变以后，望舒、杜衡，都隐迹在我松江家里的小楼上。日久闲居无事，就以译书为消遣。望舒译成了沙多布易昂的《阿达拉》和《核耐》，杜衡译成了法郎土的《黛丝》。这两部译稿，后来都由开明书店印行。在译长篇作品的过程中，有时觉得厌烦，就利用一些零碎时间，从事译诗。当时，郁达夫在《创造季刊》上介绍了英国诗人欧奈思特·道生的诗歌，恰巧商务印书馆西书部新到了《近代丛书》本的《道生诗集》，望舒就去买来了一本，正值傅东华译出了道生的诗剧《参情梦》，这个译本，不能使人满意，望舒就倡议与杜衡合译。不到三个月，他们把道生的全部诗歌及诗剧都译出了。这部译稿，题名《道生诗歌全集》，由杜衡抄写，当时竟无法出版，一直保存在望舒箧中。望舒逝世后，归我保存，居然至今还在。望舒曾将他的译作在刊物上发表过二首。这回我编集他的译诗，想从稿本上增补几首，却发现稿本上每诗之下，没有分别注明译者，多数诗都无法分辨是望舒的译文还是杜衡的译文，因此，我只能拣我记得的望舒译文增补了三首。

望舒和杜衡译成道生诗集的时候，冯雪峰从北京来，也暂住在我的小楼上。雪峰很喜爱日本诗人石川啄木的短歌，看到他们热衷于译诗，也鼓起兴致来译石川啄木。但他的翻译工作，主要是苏联文艺理论和苏联诗歌。雪峰对道生诗集持批判态度，说望舒他们浪费时间。这部诗稿之所以终于不想拿出来求出版，和雪峰的意见也不无关系。

在雪峰的影响下，我们四人曾合作选译过一部《新俄诗选》，雪峰从日文译，望舒从法文译，我和杜衡从英文译。这部译稿，也没有出版，只有雪峰译的一部分，后来由望舒编集，题名《流冰》，在水沫书店印出。

望舒在震旦大学时，还译过一些法国象征派的诗。这些诗，法国神父是禁止学生阅读的。一切文学作品，越是被禁止的，青年人就越是要千方百计去找来看。望舒在神父的课堂里读拉马丁、缪塞，在枕头底下却埋藏着魏尔伦和波特莱尔，他终于抛开了浪漫派，倾向了象征派。但是，魏尔伦和波特莱尔对他也没有多久的吸引力，他最后还是选中了果尔蒙、耶麦等后期象征派。到了法国之后，兴趣又先后转到了法国和西班牙的现代诗人。

近两年来，我在搜集望舒的遗著，对他的译诗，也在随见随抄。湖南人民出版社将要出版《涛苑译林》丛书，要我编一本望舒译诗集。这是一个极有意义的工作，我乐于尽一分绵力。因此，把我抄得的望舒译诗，编为一卷。另外，望舒曾把他译的波特莱尔的《恶之花》，在 1947 年印过一个单行本，题名《恶之花掇英》，现在亦收进去，作为第二卷。望舒逝世后，我曾整理他的遗稿《洛尔迦诗抄》，1956 年由北京人民文学出版社印行。此书绝版已久，现在亦全部收入，作为第三卷。这样，我所能收集到的望舒译诗，已尽于此。

望舒遗物中有一个硬面抄本，写满了他的译诗稿，其中有已发表过的，亦有未发表过的，大多是法国后期象征派的诗。这个抄本，我于 1962 年交给徐迟同志，托他编望舒译诗集。徐迟把此本带去武汉，荏苒数年，没有编成，而“文化大革命”掀起，这个抄本和徐迟自己的书籍文稿一起损失了。1940 年，我在香港，看到望舒书桌上有一本译诗稿《西班牙反法西斯谣曲选》。望舒说，准备印一个单行本。后来亦未见有此书印出。在他的遗稿中，有半篇《跋西班牙抗战谣曲选》，仅四百字的稿纸一页，还失去了四五行。但由此可知这部谣曲选收诗二十首，大概就是《反法西斯谣曲选》的改名。我在《顶点》中抄得《西班牙抗战谣曲抄》五首，应当就是这个集子中的四分之一，但其余的十五首却不能知其踪迹了。此外，在1938至1949年间，望舒在香港报刊上发表过不少杂文及译诗，用了许多笔名。这些文字，我还无法收集。这样看来，大约还有几十首译诗可以增补，如果能够访得的话。

望舒译诗的过程，正是他创作诗的过程。译道生、魏尔伦诗的时候，正是写《雨巷》的时候；译果尔蒙、耶麦的时候，正是他放弃韵律，转向自由诗体的时候。后来，在40年代译《恶之花》的时候，他的创作诗也用起脚韵来了。此中消息，对望舒创作诗的研究者，也许有一点参考价值。据我的猜测，对于新诗要不要用韵的问题，望舒对自己在30年代所宣告的观点，恐怕是有些自我否定的。

1982年3月10日

重印《边城》题记

1928 至 1937 年，这十年间，文艺创作最多产的作家是巴金、老舍、张天翼和沈从文。这四位作家的创作，无论在题材、风格、文笔各方面，都有独擅之处，在新文学史上，我以为可以各专一章。江西人民出版社计划编印一种《百花洲文库》，打算重印一些 30 年代的文学作品，由于这些书久已绝版，非但爱好文学者无从得读，就是从事新文学史研究的工作者也不易获得这些史料，因而这个计划是极有意义的。编者托我代为组稿，我也愿意尽力帮助他们。

巴金和老舍的著作，已有人民文学出版社在印行全集，无须另外重印。去年我到北京，见到了张天翼谈起此事，才知他的短篇小说已编成全集，将由人民文学出版社印行。我请他自己选定一个短篇小说集，交给江西人民出版社印行。他以为既已编成全集，就无须单印旧本，还不如在全集中选出一个集子来，较有意义。我同意这个办法，于是他选出了一本《二十一个及其他》，给江西编入《百花洲文库》。这是作者的自选集，可以说是全集的精华。

沈从文的作品，新中国成立后大部分没有重印过。我去找到从文，和他商量此事。虽然他的任何一个集子都可以重印，但还是应当选择一下，分个先后。我们交换了一些意见，最后我建议先重印他的《边城》或《湘行散记》，因为在我的印象中，这两本是他写得最好的散文。1937 年，我经过湘西各地，接触到那个地区的风土、人情，不禁就联想起从文这两部小书。我在辰溪渡口作了一首诗：

辰溪渡口水风凉，北去南来各断肠。
终古藤萝牵别绪，绝流人马乱斜阳。
浣纱坐老素足女，捉棹行歌黄帽郎。
湘西一种凄馨意，彩笔争如沈凤凰。①

这就是“有诗为证”，说明我在亲临其境的时候对这两部作品的感受，也证实了这两部作品的生动而深刻的现实主义。《湘行散记》已由湖南人民出版社纳入出版计划，因此，从文同意我们重印《边城》。

去年8月5日，我在上海锦江饭店会晤了美国青年金介甫。他是专研究沈从文的，写了一大本博士论文《沈从文的作品与中国社会》。使我惊讶的是他初次来中国，却说得一口流利的中国话。他要我提供一些关于沈从文作品的意见。我说：沈从文的小说，就他本人的发展来说，题材和风格，都有演变，我不能举出哪些小说是他的代表作。但就其散文的风格来说，他所描写的风土人情，是忠实于他的出生地湘西的。从这一个角度讲，他的《湘行散记》和《边城》无疑是极为优秀的作品。金介甫同意我的意见，并且说：“正是为此，我过两天就要到湘西一带去看看。”我们谈了两小时的沈从文才分别，后来听说他果真到湘西去旅游，在凤凰还欣赏了土风歌舞。

这里却并不是“有外国人为证”。一个国家的文学作品，外国人说好，未必都好。例如中国的旧小说《玉娇李》，在19世纪中，不知怎么传到了欧洲，欧洲文学界就纷纷谈论，以为杰作。但这部书在中国只是第三流的才子佳人小说。金介甫读了沈从文的作品，急欲到湘西去看看。我到了湘西，就想起沈从文的作品。这是说明：一个成功的文学作品对读者的感染力，是不分本国外国的。

现在，《边城》已在排印，即将出版。出版社认为应当有一篇作者自

① 沈从文是湖南省凤凰县人。

己写的重版序言，向读者作一个说明。碰巧沈从文到美国去探亲兼讲学了，没有时间可以等待他回来后从容执笔，因此，我写了这一篇题记，向读者说明我们重印此书的原委。

1981 年 2 月 20 日

重印《杂拌儿》题记

俞平伯先生以创作新诗开始其文学业绩，有诗集《冬夜》、《西还》及《忆》。后来致力于散文，有《燕知草》、《古槐梦遇》、《杂拌儿》、《杂拌儿之二》，又和朱自清等合刊《我们的七月》、《我们的六月》。同时，先生又研究《诗经》、唐宋词、《红楼梦》，陆续出版了《读诗札记》、《读词偶得》和《红楼梦辨》等著作。在1920年代，俞先生和鲁迅、周作人、叶绍钧、朱自清、谢冰心等都是异军突起的第一代新文学家。他们大多是不到三十岁的青年，精力充沛，意气风发，每一本著作，都是新文学史的奠基石。我是他们的读者，还是平伯先生的学生，当时才二十岁，平伯先生的著作，我总是一出版就去买来读，因此，印象极深。《燕知草》和两本《杂拌儿》，我尤其喜欢，因为它们是有独特风格的新散文。

“新”和“旧”是一对辩证的状词，无新无旧，因旧见新。看惯了饮冰室体的政论散文，八股文气的遗老散文，《晶报》式的洋场散文，忽然看到了鲁迅、周作人以至俞平伯先生的散文，新的感觉是非常强烈的。它们新在哪里？新在题材、观点、语言、笔调。但是，经过五十年的沉积，这些新的特征，早已成为旧的了。因此，我现在把《杂拌儿》两卷推荐给《百花洲文库》，重印流传，却并不是为了介绍新散文，而是出于一种怀旧的感情。

新文学运动初期的出版物，现在已极不容易见到。我偶然得到这两本《杂拌儿》，重读一过，就涌起了青少年时代对新文学进行启蒙学习的情景。郭沫若的《女神》，鲁迅的《呐喊》和《朝花夕拾》，周作人的《陀螺》和《自己的园地》，谢冰心的《繁星》、《春水》，以及平伯先生的著作，都在我的文学生活上起过重要的作用。可是，流光如驶，忽然已届老年，想追回少年时代的热情，竟渺不可得。现在读新兴作家的作品，却没有当年那种新的感觉。可见人到老年，思想感情真会停滞下来。记得平伯先生在他的诗集《忆》的卷端曾引了龚定庵的两句诗：“瓶花贴妥炉香定，觅我童心廿六年。”表示他的诗是回忆童年而作。前年平伯先生和许夫人重圆花烛，我在贺诗中也写了两句：“三中劫尽人间世，难觅童心五十年。”这也正是我今天打算重印《杂拌儿》的感情。平伯先生虽然不很愿意重印这些五十年前的“废话”，但他却同情我的怀旧之感，终于答应我写这个题记，编入《百花洲文库》。

但是，对于“新”字，我还想向读者作一些说明。正如我刚才说过，新是对旧而言。平伯先生的《红楼梦辨》，新中国成立后曾受到批判，而今天的《红楼梦》研究，又有了新的发展。平伯先生的“红学”，当然是旧了。可是，我们如果把它放在历史的地位上，对新文学运动以前的“红学”来说，则平伯先生的“红学”，还是新的。同样，《杂拌儿》之类的散文，也可以说并没有湮没了它们在文学上的新的意义。《百花洲文库》之所以重印旧书，本来是为了保存些新文学文献，读者自然应当把它们放在文学史的地位上来看待。至于今天的青少年，从来没有见过五十年前的新文学作品，他们对于重印的旧书，也许会像我当年一样，有新的感觉。因为见惯的东西，都是旧的；见的东西，总是新的。文学史上有“万古长新”的名著，大概正是对一代一代新的读者而言。这又是“新”的另外一个意义了。

《杂拌儿》原本是1928年8月上海开明书店出版的，现在照原本重印。依平伯先生之意删去二篇，其他没有改变。

1982年1月20日

重印《赣第德》题记

本书作者伏尔泰（Voltaire），本名弗郎索业·马利·亚路埃（Francois－Marie Arouet 1694—1778），伏尔泰是他的笔名。他是法国18世纪杰出的诗人、戏剧家、小说家、科学家、哲学家、史学家，在许多方面，他都有不朽的著作。18世纪的法国，正是封建君主政体盛极而衰的时候。封建贵族阶级正在趋于没落，愚昧的宗教狂热使人民对教会开始怀疑，反对旧传统、旧制度，旧哲学的学说蓬勃兴起，展开了欧洲思想史上的启蒙运动。伏尔泰是这个启蒙运动的代表人物。

伏尔泰的一生，坐过牢监、在英国和普鲁士流亡过，做过凡尔赛宫中的御前侍从，还是一个富有的大地主。他熟悉各个阶级的世态人情，对当时的社会现实，痛心疾首，写下了几部著名的讽刺作品，《赣第德》（Candide）便是其中最杰出的一部。

"赣第德"是书中主人公的名字。这个字的意义是"老实人"。这部小说的主题思想是批判17世纪德国哲学家莱布尼兹的。莱布尼兹认为世界上的一切现实都是自然的安排，是完全协调的，因而是尽善尽美的。赣第德的老师潘葛洛斯是莱布尼兹的信徒，可是他的学生却对此怀疑，认为这一切都是维护旧政权、旧社会，旧制度、旧礼教的欺骗人民的谎话。伏尔泰通过他创造的故事，辛辣地讽刺并揭露了这些旧政权、旧制度的腐败和不合理。译者徐志摩把这个作品比之为中国的《镜花缘》，确有相似之处。

本书另有一个傅雷的译本，译文比较忠实。这个译本虽然译得比较自由，但流畅易读。现在根据 1927 年上海北新书局初印本重印，以资流传。原本有许多错字，均已改正。译文亦略加修饰，并由编者加了一些必要的注释。作者名字原译作“凡尔太”，今亦改从统一译名。

1982 年 8 月

“管城三寸尚能雄”

上星期写了一篇《喜读三叶集》，重温一本旧书，昨天在黄裳书架上发现一本港版新书《三草》，可谓有草叶因缘。去年曾有人抄示过聂绀弩同志的一些名句，以为是友朋中抄传出来的，却不知已印出专集，真惭愧我的孤陋寡闻。

向黄裳把书借回，灯下展读终卷，在又惊又喜之余，涌起了许多思绪。我不记得有没有会过聂绀弩同志，仿佛会过一面，也已是几十年前的事了。至于聂绀弩同志的文章，三四十年代曾读过不少，可是从来没有把他的文艺评论文章和旧诗联系起来。《三草》中有和雪峰诗二首，乃知冯雪峰也写过旧诗。1927 年秋到 1928 年春，雪峰在我家小楼上住过半年，我们天天谈文艺，就是不谈旧诗。我当时爱读李商隐，一部《玉溪生诗集》常在书桌上，雪峰翻也不翻，有时还斜瞥一眼，给一个“无聊”的评语。于是我读我的李商隐，他翻译他的石川啄木。岂知四十年后，雪峰也作起旧诗来了。近几年来，还看到过茅盾、冯至、沈从文、臧克家等人的旧诗。我想，难道一顶南冠，十年浩劫，竟把许多新文学家改造成旧体诗人了吗？这是什么缘故？我的解答是：旧体诗还有生命力，还有魅力。读罢《三草》，又觉得它还有发展的前途。古人说：“士别三日，当刮目相看。”现在一别三十年，我对聂绀弩同志简直应当折腰致敬了。于是我写了本文，十分有理由地为他“吹捧”。

中国旧体诗词，唐宋以后，几乎可以说已定了型，没有发展。直到梁启超、黄公度，才有意来一个“诗界革命”，但也只限于使用许多新名词、新事物。在平仄对偶的条件之下，这些新名词、新事物也还受到限制，不能随意尽量使用。王半塘作《八声甘州》词，用了一个“乌里雅苏台”，一时词人为之叫绝，可是也始终只此一句，没有能发展下去。《人境庐诗草》盛行过一时，有许多人模仿，也终于还是酒阑人散。

聂绀弩同志的诗，在运用现代新名词、新事物，或俗字琐事这方面，还是追上了梁启超、黄公度的脚迹，不过他用得比梁、黄更活，更浑成，如“自由平等遮羞布，民主集中打劫棋”，“出问题时有毛选，得欢欣处且秧歌”，“把坏心思磨粉碎，到新天地作环游”，以及最为人传诵的“文章信口雌黄易，思想椎心坦白难”，都是不刺目，不碍口的妙句。不过这条路子，也并不是梁启超、黄公度开创的，诗如王梵志、寒山、拾得、杨诚斋，词如辛稼轩、陈维崧都早已作过尝试。陈宗石称其兄维崧的《迦陵词》把“一切诙谐狂啸，细泣幽吟，甚至俚语巷谈，一经熔化，居然典雅，有意到笔随，春风物化之妙”。这段评语正可以移用于《三草》。因此，我以为这还不是聂绀弩风格的第一个特点。

我说，聂绀弩旧体诗的更大的特点是它的谐趣，一种诙谐的趣味。这是传统中国诗里最少见的，日本俳句里却有不少。一个人对待反映各种时代现实的世态人情，持过于严肃认真的态度，或无动于衷的态度，都不会有谐趣。只有极为关心，而又处之泰然的人，才可能有谐趣。谐趣不是戏谑，戏谑就成为打油诗；谐趣也不同于西洋的幽默，幽默要有一点讽刺。《北荒草》第一首《搓草绳》诗句云：“一双两好缠绵久，万转千回缱绻多。”《挑水》的“一担乾坤肩上下，双悬日月臂东西。”《脱坯》诗的“看我一匡天下土，与君九合塞边泥。”《拾穗》诗云：“一丘田有几遗穗，五合米需千折腰。”《马逸》二联云：“无谓无嘉无话喊，越追越远越心灰；苍茫暮色迷奔影，斑白老夫叹逝骓。”《受表扬》云：“梁灏老登龙虎榜，孔丘难化溺沮身。”全首诗则有《寄高旅》、《萧军枉过》、《悠然六十》等，都是极饶谐趣的诗篇。使人读了禁不住一笑，佩服其设想之妙。

一首诗，光有谐趣，还不易成为高格。聂绀弩同志的谐趣，背后隐藏着另一种情绪：沉郁。例如“文章信口雌黄易”这一联底下却来了“一夕尊前婪尾酒，千年局外烂柯山。”读到这一联，你还能笑吗？此外如“坐老江湖波涌跃，起看天地色玄黄。”“最是风云龙虎口，不胜天地古今情。”《雪峰六十》诗云：“天下寓言能几手，酒边微语亦孤忠。”又《挽雪峰》诗颈联云“风雨频仍家国事，人琴一恸辈行情”。而颔联却是“天晴其奈君行早，人死何殊睡不醒”。《赠答草》序诗云：“尊酒有清还有浊，吾谋全是亦全非。”《锄草》云：“未见新苗高一尺，来锄杂草已三遭。”《寄高旅》云：“老夫耄矣人谁信，微子去之迹近哀。”《真宅》诗云：“乾坤定后无棋局，酒肉香中一佛徒。”《三草》集中有许多诗不是上联有谐趣，下联见沉郁，就是一句有谐趣，一句见沉郁。这个创作方法，聂绀弩同志自己说明了：“江山闲气因诗见，今古才人带酒杯；便是斯情何易说，偶因尊句一俳谐。”（《即事赠雷父》）正是以谐趣寓不易说之情，所以这谐趣成为一种破涕之笑，创造了诗的高格。

从正统旧诗的标准来衡量，《三草》中也有许多耐读的佳句，如“天下人民无冻馁，吾侪手足任胼胝。”“草木深山谁赏美，栋梁中国岂嫌多。”“老头能有年轻脚，天下当无不种田。”“盛世头颅羞白发，天涯肝胆藐雄才。”“非才碌碌邀奇赏，国士惺惺肯远来。”“青春此世如乌有，迟暮于人亦等零。”“西风瘦马追前梦，明月梅花忆故寒。”这些联语也都是感情极为沉郁的。

《三草》是近几年来读到的最出色的旧体诗，体虽旧，诗却很新。所以我说旧体诗似乎还有发展的前途。不过要再出现这样一个诗人，却并不容易。我写完了我的读后感，奉题一诗为证。

荒漠归来赋恼公，管城三寸尚能雄。
灵均愁瘁何人识，曼倩诙谐取自容；
大地山河棋一局，弥天风雪酒千钟。
撑肠芒角难消得，付与攒眉苦笑中。

1982 年 10 月 14 日

读杨绛《洗澡》

在两个35℃度大热天，看完了杨绛的《洗澡》。有些随看随生的意见，想写下来，做个《读书笔记》，或曰《备忘录》，也不知该如何写法。生来不会写书评，我这些意见也不是评论这本书，只好一条一条地记下来，算是我看过这本书的记录。

我已有好几年没有看完一整本创作小说了。常常是，抓起一本小说，看不到二三十页，就碰到了“不辞而别”、“羞羞答答”、“尽力而为”这一类似通非通的成语或滥调，我就把书丢下了。这本《洗澡》，自始至终，没有迫使我丢下，作者毕竟是钱钟书夫人，自是语文高手。说来也可笑，语文纯洁，本来是读者对作者，或作者自己对他的作品的最低要求。但在近十年来，却已成为最高要求，在一群三十岁左右的青年作家的作品中，要找一本像《洗澡》那样语文流利纯洁的作品恐怕很不容易了。

《洗澡》给我的印象是半部《红楼梦》加上半部《儒林外史》。《红楼梦》的精神表现在全书的对话中。一部小说中的对话部分，不是为故事展开服务，就是为塑造人物性格服务。一部《红楼梦》中的许多对话，绝大部分都是为塑造人物性格服务的。没有这许多对话，就没有一部《红楼梦》了。《洗澡》的作者，运用对话，与曹雪芹有异曲同工之妙。每一个人物的思想、感情、性格都在对话中表现出来，一段也不能删掉。我看当今青年作家的小说，一大段一大段的对话，既不补助故事的发展，又不表现人物的思想、感情、性格。大多是喋喋不休的日常生活的流水账。整段删去，也不会使故事有所缺损。由于欣赏《洗澡》中的对话，不禁想起我看过的青年作家作品中的那些不起作用的对话，我希望我们的青年作家要更多地注意作品中对话的作用和意义。

《儒林外史》的精神，不用解释，因为《洗澡》中的人物，也都是“儒林”中人。不过最好的一段，许彦成、杜丽琳和姚宓的三角故事，都是吴敬梓写不出来的。这个三角关系，写得非常高雅，对现代青年会有良好的教育作用。不过我又怀疑这是不是作者的理想主义？是不是可以说，还有“发乎情，止于礼义”的儒家伦理观念？

《洗澡》全书分三部分，第三部分是主体，第一、二部分是为第三部分作铺垫的。可是，我觉得第三部分写得太简单，特别是第一章，像一块压缩饼干，水分都挤干了。连许彦成的检讨也只有三行文字表述，这使我大出意外。

此外，还有几个疑点：

①我记得“思想改造”是在1952年，“三反”是在1953年，本书作者说“思想改造”是“三反”运动中的事，恐怕错了。

②作者说：许彦成和杜丽琳同在上海一个教会大学读外文系。据我所知，上海的教会大学没有外文系。

⑧第68页出现了一个“现当代组”。“现当代”这个名词，1978年以后才产生。

④第137页说：装书的纸箱，可以“叠扁了放在角落里”。这种纸箱，1952年还没有。

⑤第197页，许彦成的母亲得了“胃癌”。在1952年，还没有“胃癌”这个词，只有“胃溃疡”、“胃出血”。

⑥第273页，出现了“人不为己，天诛地灭”。这句话，在1958年反右时才流行，1952年还没有。

1989年10月7日

第三辑

读古书

八　股　文

在蟑隐庐书庄看到了廖柴舟的《二十七松堂集》，才知此书早已有了铅印本，遂以银六元买了回来。此书一向只知道有廖柴舟门刻本及日本文久二年刻本，两者俱不易得，今无意中忽获此本，觉得非常高兴。此本表纸题有“廖景黎家藏”字样，想是柴舟后人的家印本了。卷首有《重刊二十七松堂全集序》一篇，张日麟撰，说是“取邑中千钧一发之钞本，暨日本绝无仅有之刊本，互相磨勘，录成全帙，再付检（?）板”的，则虽然是铅印本，似乎也不可小觑了它，其价值之为“千钧一发”，一定是“绝无仅有”的了。

序文虽然不高明，可是原作者的文章之妙，却实在当得起“绝无仅有”之评。至于究竟如何妙法，我不想在这里多说。我所要特别提出来谈谈，同时也是我认为是廖柴舟的卓见者，都是他对于八股文的一些议论。

廖柴舟作《明太祖论》，是明亡以后第一个对于八股文提出反对的论调。他说“治天下可愚不可智”：

> 故吾以为明太祖以制义取士，与秦焚书之术无异，特明巧而秦拙耳，其欲愚天下之心则一也。故秦始皇以狙诈得天下，欲传之万世，以为乱天下者皆智谋之士，而欲愚之而不得其术，以为可以发其智谋者无如书，于是焚之以绝其源。其术未尝不善也，而不知所以用其术，不数年，天下已亡。天下皆咎其术之不善，不知非术之故也，且彼乌知诗书之愚天下更甚也哉。诗书者，为聪明才辩之所自出，而亦为耗其聪明才辩之具，况吾有爵禄以持其

后，后有所图而前有所耗，人日腐其心以趋吾法，不知为法所愚；天下之人，无不尽愚于法之中，而吾可高拱而无为矣，尚安事焚之而杀之也哉？明太祖是也。自汉唐宋历代以来，皆以文取士，而有善有不善，得其法者，惟明为然。明制取士惟习四子书，兼通一经，试以八股，号为制义，中式者录之。士以为爵禄所在，日夜竭精敝神以攻其业，门四书一经外，咸束高阁，虽图史满前，皆不暇目，以为妨吾之所为，于是天下之书，不焚而自焚矣。非焚也，人不复读，与焚无异也。焚书者，欲天下之愚，而人卒不愚，又得恶名；此不焚而人自不暇读，他日爵禄已得，虽稍有涉猎之者，皆志得意满，无复他及；不然，其不遇者亦已颓然就老矣，尚欲何为哉？故书不可焚，亦不必焚，彼汉高楚项所读何书，而行兵举事，俱可为万世法，诗书岂教人智者哉？亦人之智可为诗书耳。使人无所耗其聪明，虽无一字可读，而人心之诗书，原自不泯；且人之情，图史满前，则目饱而心足，而无书可读，则日事其智巧，故其为计更深而心中之诗书更简捷而易用也，秦之事可鉴也。故曰：明巧而秦拙也……

这一段议论，真是既新颖而又精到。在我们今日读之，尤其可以得到现成的印证。现在世界上恰有两个国家，正在分头模仿秦始皇与明太祖。一个是采取焚书政策的，虽然其民愚了没有不可知，但“恶名”却已传布了全世界；另外一个是用一种变相的制义来取士的，写文章的人只要能中了程式，就不惜用种种美名来荣宠他，或甚至用爵禄来羁縻他；虽然将来的成功如何不可知，但那些不在制义之列的文章，却实实在在早已被唾弃了。“秦拙而明巧”这个评断，我们是可以承认了。

不过说到这里，我觉得廖柴舟也有一点未能见到的地方。明太祖虽然以制义牢笼了文士，但亡明者却是不识字的农民；廖柴舟明白了汉高楚项未尝读书，亦足以亡秦，而忘记了明太祖在对付不识字人这一方面，也还是失败的。所以，我以为，焚书也好，制义取士也好，只要是文士，总是容易对付的，无论用的是软功或硬功，威胁或利诱，总有法子使他们造不起反。生问题的倒还在于那些虽不识字而“心中之诗书更简捷而易用”的人们。这些人是无从“愚”起的，因为他们本来也不曾“智”过。秦始皇即使不焚书，他们也不会读书，明太祖即使提倡普及教育，他们也不见得有工夫来上钩。他们所需要的只是生活。能使他们生活的，皇帝也；不能使他们生活的，干脆就揭竿而起了。此事与八股文实在并无多大关系。

1935 年

杂谈《金瓶梅》

一

五十年前，我为上海杂志公司老板张静庐服务，标点了一部北京图书馆影印的《金瓶梅词话》，帮老板赚了一大笔钱，自己却背上了一个“标点淫书”的罪名，虽然书中的淫言秽语都已删净。

同时，郑振铎编《世界文库》，也采用了《金瓶梅词话》，删去淫秽语，加标点，分期发表。

同时，上海中央书店老板平襟亚，也在一声不响地请人删节、标点《金瓶梅词话》，交印刷厂排印，特别提高排字工资，要求印刷厂赶在上海杂志公司以前，把他们的《金瓶梅词话》抢先印出。

张静庐和平襟亚是当年四马路出版界的两位霸才，他们的营业竞争，钩心斗角，可谓旗鼓相当。张静庐听到平襟亚的《金瓶梅词话》已即将排版完成，而自己的全稿尚未发排完了，估计他的书势必落后一个多月才能出版，这对他是非常不利的。

于是张静庐请平襟亚吃饭，席上就单刀直入，开了一个谈判。张静庐说：他的《金瓶梅词话》是编在《中国文学珍本丛书》中的，是《丛书》之一种，《词话》的销数，与《丛书》其他各种的销数有影响。中央书店的《词话》是单种书，销数多少，和其他书没有关系。因此，张静庐要求平襟亚把排好的《词话》让上海杂志公司先印一版，然后将全副纸版送给中央书店去印行，所有排字工资都由上海杂志公司负担。这样，就是说：

平襟亚只要同意上海杂志公司先印一版，他就可不费一文钱，印行中央书店的《金瓶梅词话》。

平襟亚的中央书店开设在上海杂志公司后面的弄堂内，它没有门市部。上海杂志公司开设在四马路，有三开间的门市部。张静庐的门市收入，非平襟亚可及，但对全国内地的发行能力，平襟亚独占优势。平襟亚考虑了张静庐的建议，估计上海杂志公司的《词话》虽然先出版，也只有一个月的门市销数，而在内地各省市，两家的《词话》可能同时上市。再加上中央书店的《词话》既然是白来的纸版，它可以定价低于上海杂志公司版。

于是平襟亚接受了张静庐的建议。

可是，后来取中央书店的排校样来一看，发现有不少标点错误。删节之处，上下文都接不上。而且字体较大，用纸势必较多。张静庐就主张用我们自己的标点本，而停止了中央书店的排本。这一事，平襟亚也同意了，因而《词话》的出版，迟了一个月。

上海杂志公司版的《词话》初版本印了 2 万本。然后送一份纸版给中央书店。中央书店不知印了多少，不过，几个月之后，就发生了中日战争，中央书店的《词话》不容易运销内地。这一盘棋，平襟亚输了。

前年，有人来问我，中央书店的《词话》和上海杂志公司的《词话》，在字型、标点、删节处为什么完全一样？我才记起这件事的原委。现在把它记录下来，也可算是上海出版史的一段秘闻。

至于《世界文库》本的《金瓶梅词话》，听说是傅东华删节及标点的，未知确否。因为是分期发表，已失去其营业竞争的时间性，所以无人注意。生活书店原来也打算待《世界文库》发表完毕后，再印行单行本，可能也是因战事爆发而作罢了。

二

1983 年秋，人民文学出版社计划排印洁本《金瓶梅词话》的消息透露出来，似乎在出版界中引起了一阵波动。当时我正在医院中养病，接连有几家出版社的编辑同志来访问。有的出版社说打算重印上海杂志公司版的《词话》，希望我写一篇序文。有一个文艺刊物编辑同志说：打算在他的刊物上分期连载《词话》，要我同意署名为“整理、标点者”。对于这些尊重我的好意，我都很抱歉地婉谢了。我并没有研究过《金瓶梅》，我也不很喜欢这部书。1947 年，抗战胜利后，我回到上海，买到过一部北京图书馆影印的线装本《金瓶梅词话》，也买到了一部康熙版张竹坡评本《金瓶梅》。当时曾想把两本对读一下，看看有多少异同，从而研究一下此书的版本源流。可是这个工作始终没有工夫做。1958 年，工资降级，稿费收入也断绝了。嗷嗷待哺的人口多，我把这两部《金瓶梅》卖了两百元人民币。

我和《金瓶梅》的关系，尽于此矣。人民文学出版社计划印行《金瓶梅词话》，和我是“风马牛，不相及”。我再也想不到会连累到我。从 1983 年到 1985 年，少说也总有十来位编辑、记者、朋友或学生来和我谈论《金瓶梅》。尽管我对这部书实在无知，可是也不能不漫谈一通，免得扫人雅兴。我曾说：现在我们所见的《词活》，可能还不是最初的版本。它可能还有一个或几个古本。古本的《词话》可能没有或较少淫言秽语。因为古本是真正的“词话”，评书家的底本。如果有这许多描写性交的淫言秽语，当时的说书人怎么能在大庭广众之前说得出口。现在所有的万历本《词话》，虽然仍名为《词话》，其实已非评书家的底本，而是供知识分子阅读的小说了。我还说过：既然有王凤洲撰此书以毒害严嵩的传说，可知此书在嘉靖四十一年（1562 严嵩败）前已有，从嘉靖元年至万历四十一年（1613），有 91 年之久，其间不可能没有一个《词话》的刻本。我还说：张竹坡评本和《词话》本可能是出于两个不同的祖本。

以上是我关于《金瓶梅》的漫谈，纯粹是出于推测，没有证据。想不到有一位同志把我的话写了一则报道，去发表在报纸上，而这一段报道又引起了许多编辑的兴趣，纷纷转载，甚至把我的信口开河，说成研究结论。今年春初，有一位香港朋友寄给我一纸剪报，是一篇小文，题目赫然是《施蛰存谈〈金瓶梅〉》。这件事实在叫我啼笑皆非，深悔出言不慎。因此，现在不得不把情况如实交代，以资补过。

三

淫书各国都有，态度各不相同。印度的淫书是把男女性交的各种方式、姿势教导青年夫妇，作为恋爱艺术的教本，态度最是严肃。法国的淫书品格有高有下，高级的淫书是暴露贵族士女的糜烂生活，下等的淫书是只鼓励宣淫。英国的淫书较多社会意义，虽然描写性交，却旨在揭露妓女或贫女的悲惨生活。《金瓶梅》在中国淫书中，也还是一部好书，它与《肉蒲团》、《杏花天》等书不同，描写性交部分不是全书的主要题材。删掉了这些描写性交部分，并不影响这部小说的完整。

我以为，删净了的《金瓶梅》或《金瓶梅词话》，已不能说是一部有伤风化的淫书。30年代，上海印了三个版本的《金瓶梅词话》，当时国民党中宣部和租界当局都没有给予禁止处分。而我们现在，对删净本《金瓶梅词话》还很不放心，从严限制出版。我以为这样做，大可不必。凡是"禁书"，越禁越有魅力。去年一年，有许多年轻朋友托我设法向人民文学出版社买《词话》，出高价也可以，要开后门也可以，可知此书又有了新的魅力。但是在30年代看过《词话》的人，却感到诧异，以为此书也只是《红楼梦》、《儒林外史》之流，何必如此热烈地恋慕。

因此，我以为，《金瓶梅词话》或《金瓶梅》，只要是删净本，不妨公开，任人购读。魅力消失，也就无伤风化。不过当然也不宜大量印行。

1986年6月25日

《花间新集》序

1961至1965年，是我热衷于词学的时期。白天，在华东师范大学中文系资料室工作，在一些日常的本职任务之外，集中余暇，抄录历代词籍的序跋题记。在中国文学批评史中，词学的评论史料最少。虽然有唐圭璋同志以数十年的精力，编集了一部《词话丛编》，但遗佚而未被注意的资料，还有不少。宋元以来，词集刊本，亡逸者多，现存者少。尤其是清代词集，知有刻本者，在一千种以上，但近年所常见者，不过四五百种。历代藏书家，都不重视词集，把它们与小说、戏曲归在一起，往往不著录于藏书目录。《四库全书总目提要》仅著录了词籍八十余部。因此，我开始收集词集，逐渐发现其序跋中有许多可供词学研究的资料。于是随得随抄，宋元词集中的序跋有见必录，明清词集中的序跋，则选抄其有词学史料意义的。陆续抄得数十万言，还有许多未见之书，尚待采访。

晚上，在家里，就读词。四五年间，历代词集，不论选本或别集，到手就读，随时写了些札记。对于此道，自以为可以说是入门了。我以为，唐五代的曲子词，是俗文学。《云谣集》是民间的俗文学，《花间集》是文人间的俗文学。这种文学作品的作用，是为歌女供应唱词，内容是要适应当时的情况，要取悦于听歌的对象。作者在写作这种歌词的过程中，尽管会不自觉地表现了自己的某些思想情绪，这是自然流露，不是意识到创作目的。因此，唐五代词的创作方法，纯是赋体，没有比兴。文人要言志载道，他就去作诗文，词的地位，在民间是高雅的歌曲，在文人间是与诗人分疆域的抒情形式。从苏东坡开始，词变了质，成为诗的新兴形式，因而出现了“诗余”这个名词。又变了量，因而衍为引近、慢词。我们很难说，苏东坡是唐五代词的功臣呢，还是罪人？

基于这样的认识，我在1963年，用《花间集》曲子词的规格体制，选了一部宋人小令集，名曰《宋花间集》。1964年，又选了一部《清花间集》，使埋没隐晦已久的《花间》传统，在这两个选本中再现它的风格。在历代诸家的词选中，这两个选本，可以说是别开蹊径的了。

这两本选稿，我保存了二十多年，作为自己欣赏词的一份私有财产，仅在少数友好中传阅过，从来不想公开发表，因为怕它不合于当今的文学规格。去年，浙江古籍出版社的赵一生同志和王翼奇同志连袂来访，得知我有此稿，他们表示愿意为我印行，至少可以扩大读者群，让我听听各方面的意见。我感谢他们的好意，便同意把这部书稿印出来，为古典文学的读者开辟一个视野，为我自己留下一个文学巡礼的踪迹。双方多少有些效益。当此发稿之时，咏唐人诗："谁爱风流高格调，共怜时世俭梳妆。"心里还不免有些顾虑。这两个选本，虽然够不上"风流高格"，确也不是"时世梳妆"，为此，写了这篇总序，向读者说明我选编此书的渊源。

1987年4月20日

汉乐府建置考

“乐府”这一名称，在汉武帝以前的史文中早已出现了。《史记·乐书》曰：

高祖过沛诗《三侯之章》，令小儿歌之。高祖崩，令沛得以四时歌舞宗庙。孝惠、孝文、孝景无所增更，于乐府习常肄旧而已。

《汉书·礼乐志》曰：

高祖乐楚声，故《房中乐》，楚声也。孝惠二年，使乐府令夏侯宽备其箫管，更名曰《安世乐》。

又曰：

高祖既定天下，过沛，与故人父老相乐，醉酒欢哀，作“风起”之诗，令沛中僮儿百二十人习而歌之。至孝惠时，以沛宫为原庙，皆令歌儿习吹以相和，常以百二十人为员。文景之间，礼官肄业而已。

《上林赋》郭璞注：

巴西阆中有渝水，獠居其上，皆刚勇好舞。初，高祖募取，以平三秦，后使乐府习之。（刘渊林注《蜀都赋》同）

但又说这是汉武帝创置的一个机构。

《汉书·礼乐志》曰：

至武帝定郊祀之礼，祠太一于甘泉，就乾位也；祭后土于汾阴，泽中方丘也。乃立乐府，采诗夜诵，有赵、代、秦、楚之讴，以李延年为协律都尉。多举司马相如等数十人，造为诗赋，略论律吕，以合八音之调。

又《艺文志》曰：

自孝武立乐府而采歌谣，于是有代赵之讴，秦楚之风。皆感于哀乐，缘事而发。

因此有人以为武帝以前《史》、《汉》所载的“乐府”是追书的，但夏侯宽为乐府令，官名岂可追书？按高祖既平天下，萧何定律令，叔孙通制礼仪，张苍首律历，典章文物，粲然大备。且高祖“重祠而敬祭”，非但“悉召故秦祀官”，复置太祝、太宰如故，而且还新设了许多祀祠。祠祭必设乐。高祖之时，必然也有合乐的机构，故至少在惠帝二年时，必然已经有了“乐府”这一机构。

礼乐向来是“奉常”的职守。“奉常”本是古之“礼官”，颜师古注曰：“常，王者旌旗也，画日月焉，王有大事，则建以行。礼官主奉持之，故曰奉常也。”故秦代即以“奉常”掌宗庙礼仪，其官曰奉常丞。汉因秦制，仍继续设置此官。景帝中元六年，改名曰“太常”。其属官有太乐、太祝等六令丞。《三侯之章》和《房中乐》都是宗庙祀乐，正该是太乐令丞所典守的职司，可知《史》、《汉》二书此处所云“乐府”，必属于“太常丞”管辖下的“太乐署”，故《史记》所云“于乐府习常肄旧而已”与《汉书》所云“礼官肄业而已”，此二语并不乖违，正可以说明此时之“乐府”乃隶属于“礼官”者也。

因此，《汉书·礼乐志》所谓“武帝……乃立乐府”一语，即不能像颜师古注那样，解作：“始置之也。乐府之名，盖起于此。”因为汉武帝不过把“乐府”从太乐署分立开来，使它扩大成别一机构，并改隶于“少府”而已。

《汉书·百官公卿表》：

> 少府，秦官，掌山海地泽之税，以给供养。属官有……乐府……令丞。……武帝太初元年……乐府（有）三丞……哀帝省乐府。

汉武帝以元鼎四年（前113年）立后土祠于汾阴。元鼎五年冬立泰畤于甘泉。元鼎六年灭南越。灭南越之后，“嬖臣李延年以好音见”。然则“立乐府”必在元鼎六年（前111年）。又六年而为太初元年（前104年），乐府丞自一人增设至三人了。

但我们知道司马相如卒于元狩五年（前118年），他的“造为诗赋”，必不可能在李延年为协律都尉以后。故《汉书·礼乐志》这一段话，似乎先后失次。按《汉书·李延年传》云：

> 是时上方兴天地诸祠，欲造乐，令司马相如等作诗颂，延年辄承意弦歌所造诗，为之新声曲。

由此可知事实是司马相如等人作诗颂在前，李延年为协律都尉在后，武帝初即位，尤敬鬼神之祀，窦太后崩后，即征文学之士草巡狩、封禅等事。大概此时司马相如等文人所造诗颂，原来计划为属于太常的“乐府”中所用，其后“乐府”改属少府，故李延年“承意”为之作新声曲也。

“乐府”从太常改属少府，此事之意义即俗乐与雅乐的对立。原来太常所属太乐署所执掌的是雅乐，即古乐。郊祀飨宴诸乐，本当以雅乐为准，所谓“王者必因前王之礼，顺时施宜，有所损益”也（《汉书·礼乐志》）。但是汉初诸帝，都喜欢楚歌新曲，即当时盛行于民间的俗乐，故高祖自己所吟的《三侯之诗》以及唐山夫人所造的“房中祠乐”，也都是楚歌。以这种俗乐用于郊庙大典，未免改革过甚，势必为许多遵守古制的人所反对，故文帝以后，贾谊、董仲舒、汲黯诸公卿大臣屡次进言，反对此种非正统的淫祀郑声。可是武帝本人特别喜爱楚辞，再加以遇到了一位俗曲专家李延年，能为新声变曲，便索性把“乐府”从太常丞手里划出来改属少府。少府的经费归于皇家私人生活开支，公卿大臣不便多管，这样就可以两全其美。太乐署执掌雅乐，乐府执掌俗乐，并行不悖，双方满意了。

乐府设在上林苑中。

《汉书·礼乐志》曰：

内有掖庭才人，外有上林乐府。

上林苑本来是秦代的旧苑，武帝建元三年（前138年）大加扩治。在长安西郊，周围四百余里。

班固《西都赋》：

西郊则有上囿禁苑，林麓薮泽，陂池连乎蜀汉。缭以周墙，四百余里。离宫别馆，三十六所。神池灵沼，往往而在。

在设置乐府以前，上林苑中先已有了很多的歌舞百戏倡伎，所以在这一基础上成立乐府，只是使它成为一个机构，有一定的组织罢了。

司马相如《上林赋》：

于是乎游戏懈怠，置酒乎颢天之台，张乐乎胶葛之宇。撞千石之钟，立万石之虡。建翠华之旗，树灵鼍之鼓。奏陶唐氏之舞，听葛天氏之歌。千人唱，万人和，山陵为之震动，川谷为之荡波。巴渝宋蔡，淮南干遮，文成颠歌，族居递奏。金鼓迭起，铿锵镗鞈，洞心骇耳。

荆吴郑卫之声，韶濩武象之乐，阴淫案衍之音。鄢郢缤纷，激楚结风，俳优、侏儒、狄鞮之倡。所以娱耳目、乐心意者，丽靡烂漫于前，靡曼美色。

可知上林苑中早已兼有了三皇五帝以来的雅乐和巴、宋、淮南、荆、吴、郑、卫的民间歌舞，范围之广，实不止“赵代秦楚之讴”而已。

关于乐府的组织，虽已不可详考，但就其成员的名目观之，亦未尝不可知其大概。今所知者，有下列诸色人员：

乐府令一人（《汉书·百官公卿表》）

乐府丞一人，武帝太初元年增为三人（同上）

乐府音监

成帝时有乐府音监景武，见《汉书·张放传》。孟康注曰：“音监，监主乐人也。”

乐府游徼

成帝时，有乐府游徼莽，亦见《张放传》。颜师古注曰：“乐府之游徼，名莽。”

协律都尉

武帝以李延年为协律都尉，见《汉书·礼乐志》。又《汉书·李延年传》云：“李夫人产昌邑王，延年由是贵为协律都尉，佩二千石印绶。”又《李夫人传》云：“及夫人卒，上以后礼葬焉。其后上以夫人兄李广利为贰师将军，封海西侯。延年为协律都尉。”按李延年入见武帝必在元鼎六年，李夫人得幸亦必在此年以后。封昌邑王在天汉四年，其时昌邑王至多四岁，李夫人卒或在此年。李延年为协律都尉，如在产昌邑王之后，则当在元封一二年间，如在李夫人卒以后，当在天汉四年以后，这两段传文似乎都不可信，尤其是《李夫人传》的说法。又协律都尉这一官职恐怕是武帝为李延年特置的，未必隶属乐府令的领导。因都尉皆秩比二千石，故李延年可以佩二千石印绶，而少府所属诸令皆六百石秩，职位低得多了。

郊祭乐员六十二人

给祠南北郊。

大乐鼓员六人

嘉至鼓员十人

《汉书·礼乐志》曰："高祖时，叔孙通因秦乐人制宗庙乐，大祝迎神于庙门，奏嘉至。犹古降神之乐也。"

邯郸鼓员二人

按此赵乐也，《艺文志》有"邯郸河间歌诗四篇"。

骑吹鼓员二人

《乐府诗集》卷十六引《建初录》曰："《务成》、《黄爵》、《玄云》、《远期》皆骑吹曲，非鼓吹曲。则列于殿庭者名鼓吹，今之从行鼓吹为骑吹，二曲异也。"

江南鼓员二人

按：此《上林赋》所谓"荆吴之声也"。汉乐府辞存"江南可采莲"一章。

淮南鼓员四人

按：此亦《上林赋》所谓"淮南干遮"，《西京赋》所谓"奏淮南，度阳河"之乐也。《艺文志》有"淮南歌诗四篇"。汉乐府辞今存者有"淮南王篇"。

巴俞鼓员三十六人

《上林赋》郭璞注曰："巴西阆中有渝水，獠居其上。皆刚勇好舞。初，高祖募取以平三秦，后使乐府习之，因名巴渝舞也。"颜师古曰："巴，巴人也。俞，俞人也。当高祖初为汉王，得巴渝人，皆趫捷善斗，与之定三秦、灭楚，因存其武乐也。巴渝之乐，因此始也。巴即今之巴州，俞即今之渝州，各其本地。"

歌鼓员二十四人

待考。按此名上下俱系地名，此独缺，疑有脱误。

楚严鼓员一人

《汉书·郊祀志》曰："雍有……诸布、诸严、诸逐之属，百有余庙。"颜师古注曰："诸布、诸严、诸逐，未闻其义。"按楚严或即此"诸严"之一，殆楚之淫祀乎？《汉书·史丹传》："声中严鼓之节。"李奇注曰："庄严鼓节也。"晋灼曰："疾击之鼓也。"颜师古曰："李说是也。"

梁皇鼓员四人

按《周礼》有"皇舞"。郑玄注曰："皇舞者，以羽冒复头上，衣饰翡翠之羽。"又《周礼·地官》曰："舞师……教皇舞，帅而舞旱暵之事。"可知皇舞乃古代民间祈雨之舞，此殆梁之皇舞乐人乎？

临淮鼓员三十五人

按："临淮"西楚地，武帝元狩六年置郡，后汉明帝永平十五年改为"下邳国"，此必置郡时所得乐也。

兹邡鼓员三人

按：兹邡即什方，属广汉。此蜀乐也。

郊祭员十三人

诸族乐人兼云招给事南郊用六十七人

《后汉书·祭祀志》云："迎气五郊之兆，自永平中以礼谶及月令有五郊、迎气服色，因采元始中故事，兆五郊于洛阳四方。中兆在未。坛皆三尺，阶无等。立春之日，迎春于东郊，祭青帝句芒。车旗服饰皆青。歌'青阳'、'八佾'，舞'云翘'之舞。……立夏之日，迎夏于南郊，祭赤帝祝融。车旗服饰皆赤。歌'朱明'、'八佾'，舞'云翘，之舞……"注引魏缪袭曰："汉有'云翘'、'育命'之舞，不知所出。旧以祀天，今可兼以'云翘'祀圜丘，以'育命'祀方泽。"师古注曰："招，读与翘同。"

给事雅乐用四人

《汉书·礼乐志》曰："汉兴，乐家有制氏，以雅乐声律世世在太乐官，但能纪其铿锵鼓舞，而不能言其义。"服虔注曰："鲁人也。"又《艺文志》曰："六国之君，魏文侯最为好古。孝文时，得其乐人窦公。献其书，乃《周官·大宗伯》之《大司乐》章也。武帝时，河间献王好儒，与毛生等生采《周官》及诸子言乐事者，以作《乐记》。献八佾之舞，与制氏不相远。”据此，则此盖制氏、窦公、河间献王所造乐也。

夜诵员五人

《汉书·礼乐志》曰：“武帝……乃立乐府，采诗夜诵，有赵代秦楚之讴。”师古注曰：“夜诵者，其言辞或秘，不可宣露，故于夜中歌诵也。”周寿昌《汉书注校补》曰：“颜注迂阔可笑……是朝廷置官，夜诵选诗之合于雅乐者。夜静诵之，令人主导德遏淫也。……又《食货志》曰：‘孟春之月，群居者将散，行人振木铎于路以采诗。’是采诗夜诵，即采其夜诵之诗也。此亦可备一说。”按：颜说诚迂阔，周说持两端，亦恐未谛。武帝不好雅乐，未必欲以赵代秦楚之讴合于雅乐。“采其夜诵之诗”，更不可通。《周礼》：大司乐“以乐语教国子，兴、道、讽、诵、言、语”。可知讽与诵有别。郑玄注曰：“以声节之曰诵。”此说是矣。盖以所采诸诗，于夜间合之于乐耳。

刚别柎员二人给盛德

师古注曰：“刚及别柎，皆鼓名也。”按《隋书·音乐志》曰：“棡鼓一曲十二变，与金钲同。夜警用一曲。次奏大鼓。”又唐《开元礼义》曰：“棡鼓，小鼓也。鼓上有盖，常先作之，以引大鼓。”别柎，别字义未详。柎，当作拊，《周礼·春官·大师》：“大祭祀帅瞽登歌令奏击拊。”郑玄注曰：“拊形如鼓，以韦为之，著之以糠。”《史记·乐书》张守节《正义》曰：“拊者，皮为之以糠实如革囊也。用手拊之鼓也。……若欲令堂上作乐，则抚拊堂上，乐工闻抚拊，乃弦歌也。若欲令堂下作乐，则击鼓堂下，乐工闻鼓，乃吹管播乐也。”盛德，舞名。《汉书·礼乐志》曰：“孝武庙奏盛德、文始、四时、五行之舞。”

主调篪员二人

师古注曰：“篪以竹为之。七孔，亦笛之类也。”《隋书·音乐志》曰：“雅乐合二十器……竹之属三。……二曰篪。”刘昭《续汉书·律历志》曰：“元和元年，待诏候钟律殷肜上言：官无晓六十律以准调音者，故待诏严崇具以准法教子男宣。宣通习，愿召宣补学官主调乐器。”

听工以律知日冬夏至一人

按："以律知日冬夏至"谓听工所守之事。刘昭《续汉书·律历志》："天子常以日冬夏至御前殿，合八能之士，陈八音，听乐均，度晷景，候钟律，权土灰，放阴阳。冬至阳气应则乐均清。……夏至阴气应则乐均浊。"韦昭《国语注》曰："均者，均钟，木长七尺，有弦系之，以均钟者，度钟大小清浊也。汉大予乐官有之。"

钟工一人

磬工一人

箫工一人

仆射二人

主领诸乐人。《汉书·百官公卿表》，少府有"诸仆射、署长，中黄门皆属焉"。

竽工员三人

琴工员五人

柱工员二人

师古曰："柱工，主筝瑟之柱者。"

绳弦工员六人

师古曰："弦，琴瑟之弦。绳，言主纠合作之也。"按：据此则绳弦即张弦也。

郑四会员六十二人

宋玉《高唐赋》："纤条悲鸣，声似竽籁。清浊相和，五变四会。"李善注曰："四会，四悬俱会也。又云，与四夷之乐声相会也。"按：汉《郊祀歌》第十二章《景星》句云："杂变并会，雅声远姚，空桑琴瑟结信成，四兴递代八风生。"臣瓒注曰："舞者四悬代奏也。"善注第一说殆本此。

张瑟员八人

《吕览·先己》："琴瑟不张。"注曰："张，施也。"

安世乐鼓员二十人

"安世乐"本高祖时唐山夫人所作房中祠乐，楚声也。惠帝二年，更名《安世乐》。

沛吹鼓员十二人

高祖既定天下，过沛，作“风起”之诗，令沛中僮儿一百二十人习而歌之。惠帝时，以沛宫为原庙，皆令歌儿习吹以相和。此所谓“沛吹”也。

族歌鼓员二十七人

“族歌”之义未详。或宗族歌诗，如“临江王歌诗”及“诏赐中山靖王子哙及孺子妾未央材人歌诗”之类。又，族有丛杂之义，或“泰一杂甘泉寿宫歌诗”，“杂各有主名歌诗”及“杂歌诗”之类，以上并见《汉书·艺文志》。

陈吹鼓员十三人

商乐鼓员十四人

《乐记》曰：“商者，五帝之遗声也。商人志之，故曰商。”宋玉《笛赋》：“吟清商，追流徵。”按：商乐，即清商乐。汉《相和歌辞》有平调、清调、瑟调，谓之“清商三调”。

东海鼓员十六人

《汉书·地理志》：“东海郡，高帝置。”《西京杂记》曰：“东海人黄公，少时为术，能制蛇御虎，佩赤金刀，以绛缯束发，立兴云雾，坐成山河。及衰老，气力羸惫，饮酒过度，不能复行其术。秦末，有白虎见于东海，黄公乃以赤金刀往厌之，术既不行，遂为虎所杀。三辅人俗，用以为戏，汉帝亦取以为角抵之戏焉。”按：此所谓东海鼓员，殆皆角抵杂技乐人。

长乐鼓员十三人

《汉书·高帝纪》：“六年，治长乐宫。”《三辅黄图》云：“长乐宫，本秦之兴乐宫也。高皇帝始居栎阳，七年，长乐宫成，徙居长安城……居此宫。后太后常居之。在长安城中近东直杜门。”

缦乐鼓员十三人

师古注曰：“缦乐。杂乐也。”

治竽员五人

楚鼓员六人

常从倡三十人

常从象人四人

孟康曰："象人，若今戏虾鱼师子者也。"韦昭曰："著假面者也。"师古曰："孟说是。"

诏随常从倡十六人

秦倡员二十九人

秦倡象人员三人

诏随秦倡一人

雅大人员九人

此名未详。

楚四会员十七人

巴四会员十二人

铫四会员十二人

李奇曰："疑是蠡。"韦昭曰："铫，国名。"师古曰："韦说是。"按：铫国，仅见于此，别无可考。

齐四会员十九人

蔡讴员三人

按：此《上林赋》所谓"巴渝宋蔡"之声也。《楚辞》曰："吴歈蔡讴，翕习容裔。"古乐府有《蔡歌行》。

齐讴员六人

《汉书·艺文志》有"齐郑歌诗四篇"，古乐府有《齐讴行》。曹植《妾薄相行》曰："齐讴楚舞纷纷。"

竽瑟钟磬员五人

师学百四十二人

按：师学殆即乐师与学徒之称。

自郊祭乐员以下共八百二十九人，这是汉哀帝罢撤乐府时的记录，事实上已是经过宣帝、元帝两朝一再减员之后的规模，可知当武帝时，这个音乐机构必然还更庞大。《汉书·宣帝纪》：

本始四年春正月，诏曰：“……其令……乐府减乐人，使归就农业。”

《汉书·元帝纪》：

初元元年六月，以民疾疫，令大官损膳，减乐府员。

但是这个大规模的乐府远在郊外，对帝王的宴乐承应很不方便，所以当时在宫中还另设一个机构，专司后庭宴乐。此事以宦者主之，故名曰“黄门倡乐”或曰“黄门鼓吹”。桓谭《新论》：

汉之三主，内置黄门工倡。（《长笛赋》李善注引）

《汉书·史丹传》曰：

若乃器人于丝竹鼓鼙之间，则是陈惠、李微高于匡衡，可相国也。

服虔注曰：

陈李皆黄门鼓吹。

乐府与黄门，机构虽异，人员或竟相通。例如有景武者，《汉书·张放传》谓是“乐府音监”，而同书《礼乐志》则称之为“黄门名倡”，可知乐府属员，同时亦是黄门嬖幸。但黄门倡优中亦有能造作歌诗的诗人。

《汉书·艺文志》：

黄门倡车忠等歌诗十五篇。乐府虽职掌俗乐，与雅乐殊科，然武帝时雅乐放失不振，虽郊庙大典，亦几乎尽用乐府之俗乐。

《汉书·礼乐志》曰：

是时河间献王有雅材，亦以为治道非礼乐不成，因献所集雅乐。天子下太乐官，常存肄之，岁时以备数，然不常御。常御及郊庙，皆非雅声。

又曰：

今汉郊庙诗歌，未有祖宗之事，八音调均，又不协于钟律，而内有掖庭材人，外有上林乐府，皆以郑声施于朝廷。

虽考音定律，亦在乐府试问，而不在太乐署。

《续汉书·律历志》曰：

元帝时，郎中京房知五声之音，六律之数。上使太子太傅韦玄成，谏议大夫章，杂试问房于乐府。

乐府所作歌，当时称为“新声曲”，或曰“新声变曲”。《汉书·李延年传》曰：

延年善歌，为新变声。是时上方兴天地诸祠，欲造乐，令司马相如等作诗颂。延年辄承意弦歌所造诗，为（“为”即“谓”）之新声曲。

《汉书·李夫人传》：

见延年，性知音，善歌舞。武帝爱之，每为新声变曲，闻者莫不感动。

此种新歌曲，虽吸收许多地方的民间乐曲而成，但歌辞及音律，均非当时正统文士所能了解，《史记·乐书》曰：

至今上即位，作十九章，令侍中李延年次序其声，拜为协律都尉。通一经之士，不能独知其辞，皆集会《五经》家，相与共讲习读之，乃能通知其意，多尔雅之文。

又，武帝作“太一天马”之歌，中尉汲黯进曰：

凡王者作乐，上以承祖宗，下以化兆民。今陛下得马，诗以为歌，协于宗庙，先帝百姓，岂能知其音耶？

按《郊祀歌》十九章今皆存，虽艰奥，亦非全不可解。盖多用楚语、楚声，非当时经生所习耳。“太一天马”之歌，亦平易可知，或者当时以楚调谱之，所以汲黯认为“先帝百姓”将不能知其音。由此可知汉代乐府歌曲在当时实是首先从民间突起的一种新的文化，所以继承旧传统的知识分子大多不能了解它，甚至要反对它。

乐府俗乐风行了一百多年，历武、昭、宣、元、成五帝，其间虽有河间献王、汲黯、公孙弘、董仲舒、宗晔诸人进献雅乐，建议复古，均未成事实。汉哀帝即位后，由于他本人不喜爱音乐，对于儒家传统所鄙弃的“郑声”尤其深恶而痛绝之。又由于当时“黄门名倡丙疆、景武之属，富显于世，贵戚、五侯、定陵、富平、外戚之家，淫侈过度，至与人主争女乐”。故即位后便下诏罢乐府。西汉乐府机构从此衰歇。

哀帝在诏书中指令要把原属乐府的“郊祭乐及古兵法武乐在经非郑卫之乐者，条奏别属他官”。故丞相孔光、大司空何武在执行诏令时将乐府人员作了一个区别：郑声与非郑声。八百二十九人中有三百八十八人被认为非郑卫之乐者，这些人都不罢免，拨归太乐署去领导。其余四百四十一人便都解散了。

乐府机构虽裁撤掉，但只是把一部分乐府人员拨回太乐署，而在雅乐方面，却并未有积极的建设，况且黄门倡乐还依然存在。因此，无论民间或贵族社会中依然还盛行着乐府新声，直至王莽时厉行复古，此风始衰。

《汉书，礼乐志》曰：

> 百姓渐渍日久，又不制雅乐，有以相变，豪富吏民，湛沔自若，陵夷坏于王莽。

至东汉时，仍由太常司雅乐。明帝永平三年（公元60年），改郊庙乐曰太予乐，乐官曰太予乐官。《后汉书·明帝纪》：

> （永平三年秋八月）改太乐为太予乐。

《东观汉记》曰：

> 三年秋八月，诏曰：《尚书璇玑钤》曰："有帝汉出，德洽作乐名予。"其改郊庙乐曰太予乐，乐官曰太子乐官，以应图谶。

太予乐官有令丞各一人掌其事。员吏二十五人，乐人三百八十人。

《后汉书·百官志》：

> 大予乐令一人，六百石。

本注曰：

> 掌伎乐。凡国祭祀，掌请奏乐。及大飨用乐，掌其陈序。

又曰：

太予乐丞，一人。

刘昭注引《汉官》曰：

员吏二十五人，其二人百石，二人斗食，七人佐，十人学事，四人守学事，乐人八佾舞三百八十人。

又引《汉太乐律》曰：

卑者之子不得舞宗庙之酎。除吏二千石到六百石，及关内侯五大夫子，取适子高五尺以上，年十二到三十，颜色和，身体修治者以为舞人。

俗乐虽不设乐府，然仍有黄门鼓吹。《后汉书·安帝纪》曰：

永初元年壬午，诏太仆少府减黄门鼓吹以朴羽林士。

刘昭注引《汉官仪》曰：

黄门鼓吹一百四十五人，羽林左监主羽林八百人，右监主九百人。

明帝时，定乐为四品，其三曰“黄门鼓吹”。黄门俗乐，至此盛。黄门鼓吹以承华令主之，隶属少府。实即乐府令之异名也。《晋书·音乐志》曰：

汉明帝时，乐有四品……三曰黄门鼓吹乐……

《唐六典》卷十四：

后汉少府属官有承华令，典黄门鼓吹百三十五人，百戏师二十七人。

《通典》卷二十五：

若汉有承华令，典黄门鼓吹，属少府。

按：承华令之官《后汉书·百官志》失载。灵帝时，诏罢黄门鼓吹，俗乐机构，至此始废，然汉祚亦且不永矣。《东观汉记》曰：

熹平四年（公元175年）正月中，出云台十二门新诗，下太予乐官习诵，彼声与旧诗并行者，皆当撰录以成《乐志》。国家离乱，大厦未安，黄门旧有鼓吹，今宜罢去。

汉乐府建置情况，所可知者，具如上述。大抵西汉之世，乐府领导俗乐，以与职司雅乐之太常对立，太常乐往往由乐府越俎代庖。东汉明帝以后，则为黄门与太予乐官之对立，黄门鼓吹乐亦往往兼司郊庙雅乐。故所谓雅乐，实已非复周秦旧声，而颇杂以新变矣。说详下文，兹不具论。

【附记】本文系1956年所作，在华东师范大学中文系第一次学术报告会上提出宣读，当时原想续作一文，探讨两汉乐府歌辞之发展情况，故本文末有“说详下文”之语。至1957年，即逢政治党锢，败兴而止，此文下篇，至今未成。本文仅留一油印本，浩劫中亦被没收，至去年方蒙发还。重阅一过，恍同梦寐中晤见故人。今请《中华文史论丛》为之发表，庶几不致泯灭。时越三十载，亦雪泥鸿爪之幸存者已。

1986年4月5日

说“飞动”

·读杜小记·

杜甫常常用诗的形式，表达他对于诗的理论。《戏为六绝句》、《偶题》、《解闷》五首，是他论诗的专篇，此外，散见于其他诗篇中的一联一解，数量也很多。集合起来研索，可以全面地了解他对于诗的观点。这个工作，已有许多人做过，但体会和阐释，不尽相同，因此，我还敢于提供一些个人的看法，以待商榷。

杜甫诗中，屡次用“飞动”这个语词，其有关诗论者，有下列几句：

> 意惬关飞动，篇终接混茫。（《寄高适岑参》）
> 平生飞动意，见尔不能无。（《赠高式颜》）
> 神融蹑飞动，战胜洗侵凌。（《寄峡洲刘伯华》）
> 精微穿溟涬，飞动摧霹雳。（《夜听许十六诵诗》）

有时为了平仄关系，改用“飞腾”：

> 飞腾知有策，意度不无神。（《奉寄李十五秘书》）
> 前辈飞腾入，余波绮丽为。（《偶题》）
> 飞腾无奈故人何。（《奉寄高常侍》）

无论“飞动”或“飞腾”，从这些例句中揣摩，都是形容诗的一种气势，其意义大约有些像现代语的“生动”。这个语词，不是杜甫的创造，而是当时文学批评中的一个流行语。皎然《诗式》有《诗有四离》一节，其四曰："虽欲飞动而离轻浮。"意思是说：诗虽然要求飞动，同时也应当注意不要流于轻浮。但是什么样的诗才是"飞动"的呢？《文镜秘府论》列举诗有十种体势，其第七体就是"飞动体"。其解说云：

> 飞动体者，谓词若飞腾而动是。诗曰："流波将月去，湖水带星来。"又曰："月光随浪动，山影逐波流。"此即飞动之体。

这一条非但可以证明杜甫诗中用"飞腾"即是"飞动"，而且还可以从所举二联了解唐人所谓飞动的诗句是什么样子。因此，我揣测"飞动"或"飞腾"近似我们所谓"生动"。

诗要做到飞动，首先要用词语来表现，一首诗，无论五言或七言，词语结构的单位是句，能够表现飞动体势的诗句，才算佳句，故杜甫诗中常常提到"佳句"：

> 美名人不及，佳句法如何？（《寄高适》）
> 故人有佳句，独赠白头翁。（《奉答岑参》）
> 词人取佳句，刻画谁与传？（《白盐山》）
> 赋诗分气象，佳句莫频频。（《秋日寄题郑监湖上亭》）
> 为人性僻耽佳句，语不惊人死不休。（《江上值水》）

为了要锻炼出佳句，杜甫的造句工夫是非常艰苦的。他讲究句法，要做出"惊人"之语。他作每一句诗都要经过再三修改，改后还要自己朗诵，检查合不合诗律：

> 赋诗新句稳，不觉自长吟。（《长吟》）
> 陶冶性灵存底物，新诗改罢自长吟。（《触闷》）

“稳”是佳句的标准。怎样才算是“稳”呢？杜甫的条件是：对于诗句的外形，要求中律；对于诗句的内涵，要求立意清新。

在杜甫的时候，唐律还在形成和发展的过程中，尤其是七言律诗。杜甫一生研求音律，为唐律创造了许多艺术手法，他有一首《又示宗武》诗，有句云：

觅句新知律，摊书解满床。

这是叙述他的儿子宗武跟他作诗的情况，用一个“解”字，便反映出他自己觅句知律的诀窍。原来他为了追求诗律之“稳”，常要翻阅满床的书，从中物色最适当的辞藻。这和李商隐的“獭祭鱼”一样。现在，他的儿子也懂得摊书满床了，所以父亲承认他已懂得诗律。他还在《遣闷》诗中说：“晚节渐于诗律细”，道出了自己一生作诗甘苦，到了晚年才能写出律法细密的诗句。杜甫的最工稳的律诗，大多是晚年作品，可以证明他这句话的真实性。他为了追求诗律完美，不但要写出“惊人”的佳句，还要写出使鬼神也吃惊的佳句：

思飘云物动，律中鬼神惊，
毫发无遗憾，波澜独老成。（《赠郑谏议十韵》）

“律中”即“中律”，也就是合律。但是，光是律法细密，只是完美了诗的外形，还不能成为飞动的佳句。飞动的重要因素，在诗的内涵。杜甫常常用一个“意”字即我们所谓“诗意”，有时他用一个“思”字，即我们所谓“思想内容”。上面所引四句，他把佳句的条件次序排定了。先要像云物一般飘动的思想内容，其次才要有使鬼神吃惊的音律，这样的诗，才可以算是毫无缺点的老成作品。他赠李白的一首诗，也显示了同样的观点：

白也诗无敌，飘然思不群，

清新庾开府，俊逸鲍参军。

他赞赏李白的诗有飞动的思想内容，与众不同，因而具有庾信的“清新”，鲍照的“俊逸”。

意惬关飞动，篇终接混茫。（《寄高适岑参》）
飞腾知有策，意度不无神。（《奉寄李十五》）
平生飞动意，见尔不能无。（《赠高式颜》）
政简移风速，诗清立意新。（《奉和严中丞》）
定知深意苦，莫使众人传。（《寄贾至、严武》）
病减诗仍拙，吟多意有余。（《复愁》）

以上六联：都用“意”字联系起来，可以很清楚地体会到杜甫观念中诗意和飞动的关系。第一个例句说得最明白：诗意惬当，诗句才能飞动。这“惬当”二字，我们还可以引一首诗来作参证：

郑李光时论，文章并我先，
阴何尚清省，沈宋欻连翩；
律比昆仑竹，音知燥湿弦，
风流俱善价，惬当久筌筌。
（《秋日夔府咏怀寄郑审李之芳》）

这首诗赞赏郑、李二人的诗作，第三、四句是说他们的诗意如阴、何、沈、宋，第五、六句是说他们的诗音律谐和，因而自然达到“惬当”的成就。第二个例句是赞赏李十五作诗，由于“意度”有神，所以知道他有办法使诗句飞腾。“意度”即“意境”。第三个例句是说见到高式颜，就引起了自己飞动的诗意。高式颜是高适的侄子，也是诗人。第四个例句说明了诗的立意新，才是清诗。这里，我们如果联系“清新庾开府”这一句，可知杜谓“清新”、“清诗”、“清词”、“新语”，都是指诗的思想内容。《解闷》第六首尤其可以作证：

复忆襄阳孟浩然，清诗句句尽堪传，
即今耆旧无新语，漫钓槎头缩项鳊。

这是说孟浩然诗有新意，句句可以传世，故可称清诗。如今襄阳老辈诗人中，没有能作新语的，只好去钓鱼了。第五个例句说贾至、严武的诗意深刻，是从苦吟中锻炼得来的，应当珍惜，不要随便让人家流传。第六个例句说自己病虽略愈，诗还不能作得工稳，不过吟咏既多，诗意却累积了不少。

作诗要有独创的新意，意愈丰富，随时驱使，加以完美的音律，便成为飞动的佳句。杜甫每次提到“意”字或“思”字，总连带用“飞动”或表示飞动的语词，可知他以思想内容为佳句的主要条件。有一首诗，题为《江上值水如海势聊短述》，诗云：

为人性僻耽佳句，语不惊人死不休。
老去诗篇浑漫兴，春来花鸟莫深愁；
新添水槛供垂钓，故著浮槎替入舟，
焉得思如陶谢手，令渠述作与同游。

这首诗是观江水暴涨而作，诗的内容却全是讲自己作诗的经验，没有一句写到江水。第一联说自己向来喜欢从苦吟中寻觅佳句，第二联说如今老了，作诗只是随便即兴，对春天的花鸟也不耐深思（“愁”是“思”的代字）。第三联说自家新近设置了玩水的器物。第四联说希望有诗思如陶谢之流，一起来同游作诗。为什么看了江水，想到陶谢的诗思？我们看他在诗题中加了“如海势”三字，就可以悟到杜甫常常以奔涌的水势来形容飞动的诗意。“精微穿溟涬”，“篇终接混茫”，“波澜独老成”，

“文章曹植波澜阔”，“词气浩纵横”，这些词语，都是诗意丰富生动的形象。另外还有一联：

诗尽人间兴，兼须入海求。(《西阁》)

简直说人间诗兴已经用尽，还得到大海中去求取灵感了。这就是他看到江水如海势而联想起陶谢诗思的理由。

综合以上所引许多谈诗的零章断句，杜甫对诗的理论已灼然可知，《戏为六绝句》、《偶题》诸作，只是这些观点的结集，基本上是一致的。意惬、律中，才是飞动的诗句，而二者之间，意尤其重要。王世贞论李杜云：

> 太白诗以气为主，以自然为宗，以俊逸高畅为贵；子美以意为主，以独造为宗，以奇拔沉雄为贵。
>
> 太白笔力变化极于歌行，少陵笔力变化极于近体。李变化在调与辞，杜变化在意与格。

这两个论点，也注意到杜甫与李白在创作方法上的不同，杜甫重“意”，李白使“气”。可知王世贞着实研究过一番杜甫的诗论，不是从直觉得出的结论。但是，他说：“杜变化在意与格”，这里的“格”字，我以为应改为“律”字，因为格还是属于意的。

杜甫的诗论，并不是他一家的独见。《文镜秘府论》有《论文意》一篇，专论诗文造意之法，有云：

> 凡属文之人，常须作意。疑心天海之外，用思元气之前。巧运言词，精练意魄。所作词句，莫用古语及今烂字旧意。

> 或曰：诗不要苦思，苦思则丧于天真。此甚不然。固须绎虑于险

中，探奇于象外，状飞动之句，写冥奥之思。

前一条就是杜甫所要求的要有“新语”，后一条完全与杜甫的“飞动”说符合，可知杜甫的这些诗论，都代表了盛唐时流行的观点，没有《文镜秘府论》，就难于取证了。

1980年6月10日

说杜甫《戏为六绝句》

1980年5月，我要为在华东师范大学举办的古代文艺理论师训班讲两小时课。我就想讲一讲杜甫的《戏为六绝句》。关于这六首绝句，我向来以为没有什么歧义，大家的认识都是一致的。我只想通过这六首绝句，来讲讲杜甫对诗的一些观念。在上课前三天，才看到郭绍虞同志编的《杜甫戏为六绝句集解》。原来郭老早已把历代文评家对于这六首诗的解释汇集在一起，其中有许多我没有见到过的僻书，使我得此一编，省却许多检书之劳。

郭老按每一首诗的每一句或二句，胪列历代评论，按观点异同区分，最后下了自己的断语。从这里，可以清楚而全面地看到历代杜诗专家对这六首绝句的体会和解释。细读一过之后，出乎意外地，才知道这六首诗竟会有这么许多不同的解释。而其中多数人以为是的解释，却是我期期以为不可的妄说。因此，我决计专写一篇文章，把我对于《戏为六绝句》的解释提出来，就正于海内学者。可是，一直没有时间提笔写此文，直到现在，病休医院，闷得慌，每天写一二页，总算把这篇文章写成，把我的意见提了出来，很愿意听听海内同志的反应。

一

庾信文章老更成，凌云健笔意纵横。

今人嗤点流传赋，不觉前贤畏后生。

“文”，“文章”，唐人用这两个词语，都包括诗文辞赋在内，并非单指散文。杜诗："何时一樽酒，重与细论文。"此"论文"也可以解释作谈诗。

"老更成"，重在"更"字。杜甫对庾信的诗赋，特别赞赏其入北朝以后的作品，这有"暮年诗赋动江关"一句可证。早年的作品，虽然已有成就，但老年的作品，更有成就。所以直截了当地说"庾信文章老更成"。

"老更成"与"老成"不同。杜甫《赠郑谏议诗》："毫发无遗憾，波澜独老成。"此处所谓"老成"，是指诗的风格苍老，不是诗人年龄之老。而"庾信文章老更成"的"老"字，则分明是指庾信的"暮年"。"老更成"，所以能"动江关"。

第二句"凌云健笔意纵横"是解释上句的。"凌云"比喻高。"凌云健笔"，就是说"笔法高超"。什么样的文章才算得"笔法高超"？或者说，庾信暮年的文章，高超在哪里？杜甫说：在"意纵横"。这个"意"字，从来没有人特别加以注意，更没有人知道它在杜甫的文学批评字汇中有其特定的含义。我在《说"飞动"》一文中，曾指出杜甫论诗，兼及内容与形式。关于内容，都用"意"字或"思"字，即诗意，诗思；关于形式，都用"律"字或"句"字，即句法音律。

政简移风速，诗清立意新。（《和严武诗》）
病减诗仍拙，吟多意有余。（《复愁》）
意惬关飞动，篇终接混茫。（《寄高适岑参》）

从这三联中可以体会到杜甫以为诗有新意才算得清；诗意的储备多，则篇篇有新意，即使"吟多"而"意"仍有余。诗意虽丰富，也要用得惬当，才能使诗篇飞动，使读者读到篇终，有不尽之感。

思飘云物动，律中鬼神惊。
毫发无遗憾，波澜独老成。（《赠郑谏议》）

这二联尤其可见杜甫以“思”字与“律”字对举的意义：诗意（思）如云物之飘动，句律之妙，使鬼神为之惊讶，这样的诗，才做到“毫发无遗憾”，而达到“老成”的境界。

“纵横”是言其丰富。“豺虎正纵横”，“词气浩纵横”，都是杜甫使用“纵横”的例子。

两句诗是起承结构。下句阐释上句。在下句中，又是下半句阐释上半句。杜甫在这六首组诗中，首先提出庾信，以代表“前贤”。对于庾信一生的作品，他特别赞赏其晚年作品，因为有了更丰富、现实的思想内容。杜甫用“清”字，或“清新”二字，都是专指思想内容的，所以“清新庾开府”这一句，正可以用来和这两句互证。

由此可知，“清新”和“老成”不是对举或平列的两件事。郭老采取杨升庵的观点，以为“杜老诗风，即在能兼‘清新’、‘老成’二者，故其推尊庾信，亦即在此”。这样一来，对整首诗的解释，甚至对以下五首诗的解释，我和郭老就不可能一致了。

第三、四句本来很明白，可以译为：“现代人对流传已久的庾信作品，非但不能赏识，反而妄加批评，嗤笑指点，岂不感到前辈作家在害怕你们吗？”这个“赋”字，也不可死讲，它就是第一句的“文章”。诗至此处应该用一个仄声字，作者就用了一个“赋”字。“流传”可以释作“著名”，因为古代作家的作品，能流传到今天的，总是著名的作品。“不觉”，应当解释为“岂不知”。杜甫有一首《花鸭》诗云：

不觉群心妒，休牵众眼惊。

意思是：“岂不知有许多鸟在妒忌你吗？你不要太突出，使群众惊异呀！”“前贤”是以庾信为代表的前代作家。“后生”就是“嗤点流传赋”的“今人”。“畏后生”用《论语》“后生可畏”成语，有一点讽刺意味。诸家解释此二句，无多大差异。唯汪师韩解云：“今人诋毁庾信之赋，岂前贤如庾者，反畏尔曹后生耶？”可谓奇谬。

二

王杨卢骆当时体，轻薄为文哂未休。

尔曹身与名俱灭，不废江河万古流。

杜甫作此诗，完全用散文句法，并无颠倒、节缩的词语。意思也很明白。前一首诗是批判当代青年对古代作家庾信的轻视。这一首是批判他们对现代前辈作家的哂笑。

杜甫说：王杨卢骆的文章，尽管你们这些轻薄之徒写文章加以攻击哂笑，但还是代表他们时代的文体。“当时体”反映了杜甫的历史唯物主义观点——时代有一时代的文体，每个作家都为当代文体所拘束。只有极少数人能有创新的气魄，但也不是说他们立即建立了新的文体。

接下去，杜甫谴责这些轻薄之徒：你们这些人，现在虽然有些小名气，可是你们一死，你们的名气也消灭了。至于王杨卢骆呢？他们的作品将如长江大河，永远流传下去。

这样一首清清楚楚的诗，几十年来，我从来没有想到可以有不同的诠释。但是，读了郭老所辑录的历代注家的评论，却打开了眼界。《九家注杜诗》是宋人所撰，却把第二句释为“四子之文，大率浮丽，故公以之为轻薄为文，而哂之未休也”。刘后村是南宋著名诗人，却在《诗话》中说：“杜子美笑王、杨、卢、骆文体轻薄。”黄生是清初文评家，著有《杜工部诗说》，颇有高见，但他解释这首诗，却说：“当时体三字，出后生轻薄之口，非定论也。”原来他以为轻薄之徒，讥笑四杰之文为“当时体”。后来居然有人跟着他这样讲。仇兆鳌的《杜诗详注》，一向被认为较好的杜诗注本，今天还在广泛流行，可是在这两句下，却注云：“此表章杨王四子也。四公之文，当时杰出，今乃轻薄其为文而哂笑之。”还有施鸿保，他把“轻薄为文”解说为“此诗谓后生轻薄之人，讥笑前辈为文也”。由此可见，“轻薄为文哂未休”一句，竟有许多名家读不懂，讲不对，甚至连郭老也认为“轻薄为文”是“当时讥哂四子之语”，不过不是杜甫讥哂四杰为文轻薄，而是当时的后生小子讥哂四杰的话。于是，这句诗被解释为："四杰为文轻薄，被后生小子讥笑不休。"

一句文从字顺的七言诗，被列位杜诗学者讲得支离破碎，又通过郭老的分析评断，做出结论，几乎成为标准解说。于是今天在各大学中文系讲授文艺理论或杜诗的教师，都在这样讲、这样教、这样注释。岂非怪事！

问题出在"轻薄"二字。许多人不了解"轻薄"是"轻薄子"的省略，硬要派它为一个普通的状词。又相信了九家注本所引的一段《玉泉子》，连郭老也说："此正时人讥哂四子之证。"还有人从《旧唐书·文苑传》中引用了裴行俭的话，说王勃等人"虽有文才，而浮躁浅露"。郭老就下断语说："此又四子立身为文不免轻薄之证。"但是在杜甫的词汇中，"轻薄"就是"轻薄之徒"。

"纷纷轻薄何须数。"（《贫交行》）

"洗眼看轻薄，虚怀任屈伸。"（《赠王契四十韵》）

这两处的"轻薄"显然都是指人。《赠王契四十韵》诗和《莫相疑行》都是和《六绝句》同一段时间中所作，可知二诗中所谓"轻薄"就是"当面输心背面笑"的那些"年少"。再说，杜甫对于诗的一些观点，以及他使用的文学批评词汇，显然都从《诗品》和《文心雕龙》中得来。"轻薄为文哂未休"这一句，就是从《诗品序》中的"世有轻薄之徒，笑曹刘为古拙"这一句借鉴得来。

《九家注杜诗》中所引《玉泉子》一段，实乃抄自《唐诗纪事》。这段文字非全文，未免断章取义。全文见于《朝野佥载》，论卢照邻文时有此一段，且有例句。但该文仅论杨、骆为文，好用人名、数字，并未说他们文体轻薄，更不是通论四杰。且下文云："如卢生之文，时人莫能评其得失矣。"可见对卢照邻还是肯定的。郭老误信此不完整的引文，在断定"此正时人讥哂四子之证"之后，反而根据这个资料，肯定四杰的文体轻薄。

"当时体"被理解为贬词，"轻薄为文"被理解为四杰写轻薄的文章，

"晒未休"被理解为没有主语的动词结构，既看不出何人在"晒"，因而下句的"尔曹"也不知是谁，于是这首诗完全失去了作者的本意。

三

纵使卢王操翰墨，劣于汉魏近风骚。

龙文虎脊皆君驭，历块过都见尔曹。

既然把第二首诗的"轻薄为文"误解为指四杰的文风，对这一首诗的前二句，当然就认为对卢、王（代表四杰）的贬辞。第二句本来是结构平常的句子。卢、王的文章，虽然劣于汉魏，但是还近于风骚。可是许多人想不通，你说卢、王的文章比不上汉魏，倒反而近于风骚，这不是连汉魏作家都给杜甫抹黑了吗？"轻薄为文"的四杰，还能"近风骚"吗？众口一词，认为这是绝对不可能的。于是给杜甫创造了一种新的句法，把"汉魏近风骚"五字连读，说四杰的文章比不上近乎风骚的汉魏作家。行，这样一讲，"近风骚"就与卢、王不相干了。王十朋、刘辰翁、浦起龙、黄生、杨伦、卢元昌、仇兆鳌这许多杜诗注释家都这样讲。他们都熟读杜诗，竟没有一个人觉得这样讲完全不符合诗的句法。只有钱谦益、汪师韩、许宝善三家按照句法解释，可是郭绍虞同志的断案却说："大劣于汉魏，则不能近于风骚，钱氏之说，显与文学演进之序相背。故自以'汉魏近风骚'五字连读为宜。然如赵次公辈谓汉魏近于风骚，而卢、王比之为劣，则亦非是。盖此句上文有'纵使'二字，可知'劣于'一句正为杜甫称引后生之言，而非杜甫之语。"据此，可知郭老解此句为"尽管你们以为卢、王的文章比不上近乎风骚的汉魏作家"。对这两句诗作如此了解，我实在有些惊异。"纵使"二字的下文呢？第三、四句无论如何接不下去！

作诗，为了四声平仄的关系，不能不把词语改变位置。又不能不用代词。这两句诗中，"卢王操翰墨"应理解为卢、王做文章。但"纵使卢王操翰墨"，不能理解为"即使卢王做文章"。如果这样讲，好像卢、王从来不写文章的了。这两句的散文结构，应当是"卢王操翰墨，纵使劣于汉魏，

（但仍）近于风骚”。“劣”与“近”，是两个比较状词，出现在同一句中，只能隶属于同一个主词。如果说：卢、王的文章劣于汉魏，而汉魏则近于风骚，我以为万无这样的诗句。

既然劣于汉魏，怎么还能近于风骚？这个问题连郭老都没有想通。这是因为他们脑子里有一个“文学演进之序”。按照这个“序”的观念来评论文学创作，一定会产生这样一种逻辑：现代作品如果比不上明清，当然更比不上宋元。以杜甫为代表的唐代文论家，没有这个“序”的观念。他们说“汉魏”或“魏晋”，意思是指有“风骨”的诗。也就是有思想内容的诗。他们说“齐梁”或“梁陈”，意思是指辞藻华丽的诗。他们说“风骚”、“诗骚”或“风雅”，意思只是“诗”字的代词。杜甫说卢、王的文章“劣于汉魏近风骚”，意思是说它们纵使缺少风骨，但毕竟还是诗。这样理解，就不违背“文学演进之序”了。

杜甫说卢、王的作品近于风骚，也是有根据的。《旧唐书·卢照邻传》称卢“著《释疾文》、《五悲》等颂，颇有骚人之风，甚为文士所重”。又《杨炯传》云：“炯献《盂兰盆赋》，词甚雅丽。”又骆宾王曾自言“体物成章，必写情于小雅”。这都是四杰文章近于风骚之证。除了“轻薄为文”者之外，大约唐人对四杰都是这样看法。一方面了解“当时体”的局限性，一方面还肯定他们的诗人地位。

此诗第一、二句既已被曲解，接下去的第三、四句当然更讲不清楚。“龙文虎脊”不过是骏马的代词，“历块过都”也只是疾驰的意思。“君”就是“尔曹”，而这里的“尔曹”，仍是第二首诗中的“尔曹”。这两句诗的意思，本来很简单。杜甫不过用以说明：人人都可以骑骏马，骑上了骏马能不能飞奔疾驰，这就要看你们的驾驭本领了。“龙文虎脊”是指四杰的文章，也通指初唐的文学作品。你们后生小子，仍然应该向他们学习。学习之后，能不能超过他们，这是你们自己的事。

杜甫只用了两个典故，以代替两个名词，害得历代注家都瞪目不解。多数人把“君”字解作“君王”，也有人以为指的是卢王。“尔曹”，也居然有人以为指卢王，还有人以“龙文虎脊”为指四杰，而把“皆君驭”讲作“为君王所驭”。大家都在瞎子摸象，自以为有所得，讲得活灵活现，其实全无是处。郭老的断案，也模棱得很，没有明白的表态。归根结底，病根在于把“汉魏近风骚”五字连读，使上下句的关系都无法弄清楚。

四

才力应难跨数公，凡今谁是出群雄。
或看翡翠兰苕上，未掣鲸鱼碧海中。

此诗诸家解释，无大出入。诗意是针对同时诗人而言，其意仍在“尔曹”。第一、二句是倒装句法。先提出问题：当今诗坛，谁是杰出的大作家呢？再提到以前三诗中举及的庾信与王、杨、卢、骆，用“数公”来概括。杜甫认为当代诗人的才力，恐怕没有人能超越这几位前代诗人。何以见得？杜甫说：在当代诗人中，偶尔也可以见到栖止在兰苕上的翠鸟，可是还没有从碧海中钓得鲸鲵。这里是用两个具体形象来比喻两种作品。翡翠是美丽的小鸟，兰苕是柔弱的花草；鲸鱼是大鱼，碧海是汪洋浩渺的境界。上句比喻那些虽然美丽，毕竟渺小的作品，下句比喻伟大的作品。当代诗人没有写大作品的才力，所以他们中间还没有出类拔萃的英雄。论才力，这些人恐怕还难于超越前辈诸公。

有人以为“出群雄”是杜甫自负，然则“鲸鱼碧海”就应该是杜甫自夸其作品了。这样解释，未免上纲。不过在这六首组诗中，可以感觉到杜甫对当时某些轻视前辈的青年诗人，是很有反感的。这一组诗是宝应、广德年间（763—764）在成都所作，当时杜甫在严武幕府，可能有些后生小子瞧不起他。他有一首题作《莫相疑行》的诗，在永泰元年（765）即将离蜀时所作，有句云：

晚将末契托年少，当面输心背面笑，
寄谢悠悠世上人，不争好恶莫相疑。

同时还有一首《赤霄行》，其中有两句云：

孔雀未知牛有角，渴饮寒泉逢抵触。

都可以想见当时确有一些人对他“当面输心背面笑”。《六绝句》很可能为这些青年而作。如果从这一背景去理解，那么，此诗的“凡今谁是出群雄”一句是对这些青年人的告诫，指出他们中间，虽然有些人还能写出些“翡翠兰苕”式的作品，但还未见有“鲸鱼碧海”式的大作品。你们虽然嗤点前辈作家，但你们的才力还未能超越这“数公”。

五

不薄今人爱古人，清词丽句必为邻。
窃攀屈宋宜方驾，恐与齐梁作后尘。

此诗也是按照一般语言逻辑写的，文从字顺，毫无晦涩难解处。第一句的结构和“劣于汉魏近风骚”一样，应当读作“不薄今人，爱古人”。“不薄”和“爱”，在诗的修辞学上，称为“互文见义”。“不薄”就是“爱”。作者的意思是：不管对于古代作家，或现代作家，我们都不应当轻视他们。或者说，都应当爱好他们。用两个不同的语词表述同一个意思，是为了使诗句生动，要不然，如果杜甫写作“不薄今人不薄古”或“既爱古人又爱今”，就不成其为诗句了。读诗的人，遇到这种句法，不必研究“不薄”与“爱”之间的异同。

“今人”是谁？“古人”是谁？是这一句的又一问题。从全诗结构看来，作者显然是把屈宋代表古人，把齐梁作家代表今人。因此，庾信与四杰都属于今人了。今人与古人，齐梁与屈宋，杜甫用以代表两种创作倾向：（1）清词，清新的思想内容；（2）丽句，优美的句法。于是杜甫说：为什么不薄今人，又爱古人呢？因为“清词”与“丽句”是文章中必须兼备的。既要向古人学习清词，又要向今人学习丽句。所以，清词必与丽句为邻，“必为邻”出于《论语》：“德不孤，必有邻。”文章只有清词而无丽句，或只有丽句而无清词，仅是孤德。这第二句诗是承上句而来，用以说明上句。

接下去，第三句是照应清词的。杜甫以屈宋代表有清词的文章。谁要是想跻攀屈宋的文章，总得要能赶得上他们。第四句照应“丽句”。你们要学齐梁体，也不是容易的事，说不定还跟不上他们。“窃攀”是对敢于学习屈宋的人说的，“恐与”是对瞧不起齐梁的人说的。很明显，杜甫这首诗是对厚古薄今的人说的。

“不薄今人爱古人”句法与“劣于汉魏近风骚”同，熟读唐诗者向来没有疑义，因为这种句法读得多了。但是，不知怎么，居然有人不从习惯的句法去求解，偏要把自然的结构讲成拗涩的结构。“汉魏近风骚”五字连读后，现在又把“今人爱古人”五字连读。王嗣奭《杜臆》把这一句解释为“我不薄今人之爱古人，而辞句必与为邻也”。仇兆鳌《杜诗详注》跟着说：“今人爱慕古人，取其清词丽句而必与与邻。”郭老的断案，也以为“五字连读，说最近是”。

“不薄今人爱古人”这一句，虽然现在已因郭老的断案而普遍地被误读、误解、误注，但过去总还有许多人没有读错。至于“清词丽句必为邻”这一句，可以说历来没有人读懂。“清词丽句”如果是一个东西，他将与什么东西为邻呢？高明如钱谦益，他也只会说：“期于清词丽句，必与古人为邻。”以后许多注家，也就一致解为“清词丽句必与古人为邻”。那么这句诗对上句的“今人”，有何照应？对下面两句，有何关系？词句怎么与人为邻？谁都没有讲明白。

因为“清词丽句必为邻”这一句几百年来没有人读懂，这整首诗也是几百年来没有人能正确理解。甚矣哉，读诗解诗之难也！

六

未及前贤更勿疑，递相祖述复先谁？

别裁伪体亲风雅，转益多师是汝师。

这是最后一首诗，有总结性质。诗句也很清楚，没有什么疑难。第一句"未及前贤更勿疑"，与第一首诗"不觉前贤畏后生"可能相互照应。则此处之"前贤"也是指庾信之类的前辈诗人。不过，是什么人"未及前贤"，在这首诗中确是不易看清，因而产生了许多不同的解释。

我们读了以前的五首诗，可以感到杜甫这一组诗是针对某些讥笑他的人而写的。第一首的"后生"，第二、第三首的"尔曹"，这一首诗的"汝"，都指的是这些人。如果统一了这些语气，就可以看出"未及前贤"是这些人讥笑杜甫的话，说他的诗作得不及前辈。于是杜甫说：不错，我的诗确是不及前辈，这无可怀疑。不过，自有文学以来，一代一代的作家都是递相祖述（学习）的，你们学习上一代的作家，上一代的作家也曾学习他们的上一代作家。每一代的作家都是"未及前贤"，你说谁是最先的不学而贤的作家呢？这两句也是起承结构，第二句解释第一句。

接下去，第三句指出向前辈作家学习的门径：要能别裁伪体，靠近风雅。这里的"亲风雅"，就是第三首诗里"近风骚"。杜甫没有说明什么叫"伪体"，但从句法上看来，不近风雅的诗就是伪体。作诗总得像诗，作出来的不像诗，那就是伪体。在这里，杜甫并没有把诗的标准提得很高，由此就反映出他认为这些讥笑他的人作的诗，还是不亲风雅的伪体，所以最后一句说：你们要向一代一代的前辈学习。这叫做"转益多师"。对前代诗人来说他们是"递相祖述"；对后生小子来说，你们要"转益多师"。这两个短语是互相呼应的。只有"转益多师"才是你们的求师之道。所以结句说："转益多师是汝师。"

钱谦益说："今人之未及前贤，无怪其然也。以其递相祖述，沿流失源，而不知谁为之先也。"王嗣奭说："今人才力未及前贤，以其递相祖述，愈趋愈下，无能为之先者。"杨伦注"递相祖述"句云："谓时辈自相学拟，无能相尚也。"以上诸家都把"递相祖述"看成否定语气，认为文学退化的现象，下文就都讲错了。黄生虽然说："自屈宋以来，作者皆递相祖述，以流传于后。"但接下去讲"复先谁"，却说："然则言祖述于今日，不先齐、梁，将谁先乎？"又以为杜甫主张先学齐梁了。

这首诗也是历来没有人讲通过。其实，只要注意到第二句是反诘之辞，就可以体会到“未及前贤”是杜甫引用后生小子讥笑他的话。如果当时有新式标点，只要写成“‘未及前贤’更勿疑”，就免得许多人胡猜了。杜甫绝不认为文学今不如古。“后贤兼旧制，历代行清规。”能写这样的诗句，他会说今人不如前贤吗？

感谢郭绍虞同志集录的许多资料，使我看到了有关《戏为六绝句》的大量诠释。我读杜诗，只是杨伦、仇兆鳌两本，向来没有区别其优劣。这回仔细比对，觉得还是杨伦的注释较好。王嗣奭的《杜臆》是新中国成立后才印行的书，但仇兆鳌曾见到稿本，采用了许多。关于《戏为六绝句》，仇注几乎全用《杜臆》。但是，王嗣奭的见解，实在不高明，此人似乎未尝多读诗，对于诗的句法，所知甚浅。

1984 年 5 月 5 日

秋水轩诗词

毗陵庄莲佩《盘珠词》，昔曾在国学扶轮社出版之《香艳丛书》中得之，词一卷，即名《盘珠词》，共八十八阕，无诗。后读金武祥《粟香随笔》，因知如皋冒氏有诗词汇刻本，并由金氏补入逸诗及断句，并附以金武祥祖捧阎《守一斋笔记》之关于庄莲佩者一条。但去年我在上海来青阁书庄买得冒氏刊本《秋水轩集》，缪荃孙旧藏本，计古今体诗五十七首，诗余八十八阕。无金氏补辑之逸词及断句，亦无《守一斋笔记》，且并序跋亦无之，很失望。后得光绪初盛宣怀刻本，即所谓思补楼聚珍本，诗词并刊，与冒氏刊本校，字句略有出入，但诗亦只五十七首，词亦只八十八阕。唯有一盛宣怀跋文，云：

> 庄莲佩名盘珠，阳湖庄有钧女，同邑孝廉吴轼妻，颖慧好读书，幼从兄芬佩学诗，出笔凄丽，词尤幽怨，入漱玉之室，毗陵女史能乐府者，莫之先也。嘉庆间，病绝复苏，谓家人曰："顷见神女数辈，迎侍天后，无苦也。"卒年二十有五，吴德旋《初月楼稿》、李兆洛《旧言集》俱有传。阳湖盛宣怀识。

最近又购得光绪乙未可月楼刊本《秋水轩词》一卷、补遗一卷。有跋语云：

> 吾郡庄莲佩女史《秋水轩词》哀感独绝，脍炙人口，惜抄录流传，不免讹脱，道光中费氏刊本仅止二十八阕，光绪初，思补楼聚珍

> 本诗词并刻，而词得八十八阕，亦未能悉为校正。兹以诸家所藏钞本参校盛氏本，改其讹涣，补其缺逸，付诸手民，以广其传焉。光绪乙未闰端午，无闷居士跋。

无闷居士不知何许人，但可知必亦是毗陵人，我们从这一节跋语中，可知《秋水轩词》的最早刻本当为道光中的费氏刻本。可月楼刊《秋水轩词》卷首仍转刻费氏原序，署名费瑄，其辞曰：“《秋水轩词》，吾师吴承之夫子德配庄孺人著也。……犹忆癸未岁，瑄负笈从夫子游，手录儒人小词一帙授瑄，越今几二十年矣。”可知吴轼字承之，费瑄乃其门人。费氏所刻只其师手录之词二十八阕也。

可月楼刊本《秋水轩词》一卷，亦八十八阕，附补遗一卷，凡词十一阕。庄莲佩词似乎当以此本为最完备了。

关于庄氏的生平，《初月楼稿》及《旧言集》中的传，我都未曾见到，但《守一斋笔记》却在《粟香室丛书》中找到了。兹一并抄录于此：

> 吾常才媛颇有，而以庄莲佩为最。佩名盘珠，庄友钧上舍之女，余姊丈蒋南庄刺史之外孙女也。幼娟好颖慧，父母钟爱之。女红外，好读书。友钧故善说诗，莲佩听之不倦，每谓父曰：“愿闻正风，不愿闻变风。”友钧授以汉唐诸家诗，讽咏终日，遂耽吟咏。稍长益工，将及笄，已裒然成集。古今体凡数百首，古体如《苦雨吟》，《牧牛词》，《养蚕词》，逼真古乐府。今体清新婉妙，佳句颇多。五言如：“霜欺残夜月，虫碎一庭秋。”“浮云一片来，庭树忽无影。”“水寒鱼窟静，叶落燕巢空。”“庭院忽疑月，溪桥欲断人。”“山容怜雨后，秋色爱霜前。”七言如：“雨意暗滋三径草，鸟声啼破一溪烟。”“展卷却如人久别，惜花又值梦初过。”“凉生池馆因秋近，润遍琴书为雨多。”“霜华欲下秋虫觉，节序将来病骨知。”“叶声满院秋扶病，花影半栏人课诗。”“嫩柳似波春欲动，薄烟如雾月初生。”此类皆可传诵。立庵，其外叔祖也，曾有《早春十咏》，莲佩属和《咏月》，结句云：“一样

闲亭清影里，梅花含笑柳含颦。”《咏草》一联云：“一线柔香初见影，几茸嫩绿远成痕。”结句云：“无数楼台遮不住，暗拖烟雨出城根。”《咏鸟》一联云：“唤雨梅梢闺梦断，弄晴雪后晓寒清。”尤脍炙人口。嫁中表吴生，字承之，翁远宦，姑早丧，仍依母家。育子女，兼操家政，吟诗稍辄，时填小词，亦新隽可爱。体弱多病，年二十五，值清明，填《柳梢青》云：“风声鸟声，者番病起，不似前春。苔绿门间，蜂喧窗静，剩个愁人。隔帘几日浓阴，才放出些儿嫩晴，薄命桃花，多情杨柳；依旧清明。”其父见之，惊谓不祥。对曰：“伤幼弟耳。”盖有弟甚慧，方数龄，昨岁殇也。是秋，莲佩竟患瘵疾夭亡。属纩时，念父母不置，惟合掌诵沸而已。有才无命，惜哉！

《柳梢青》一词，大概是这位女词人之死的谶词了。但盛氏本冒氏本可月楼本所载此词，“苔绿门间，蜂喧窗静”两句均作“针又慵拈，睡还难着”似较胜也。

关于庄莲佩的死，崇明施淑仪女史《冰魂阁野乘》中亦有一节记载：

莲佩字盘珠，阳湖庄有钧女，举人吴轼之妻，幼颖慧，好读书。既长，习女红精巧，然暇辄手一编不辍，尝从其兄受汉魏六朝人诗，读而好之。因效为之，辄工。其幽怨凄丽之作，大抵似昌谷云。年二十五，以瘵卒，垂绝复醒，谓其家人曰：“余顷见神女数辈，抗手相迎，云须往侍天后，无所苦也。”其姊适蒋氏者，亦工吟咏，善吹箫，所居春晖楼，有佣能视鬼神，指其姊妹曰：“是皆瑶宫仙子，我见绿衣丫髻行空中耳。”未几，盘珠卒，未几，其姊亦卒。临终索妹所画箑为殉。先是日者推其姊年当得七十二，至是才二十七耳。

其说虽无稽，但盛氏施氏均作此说，似乎这位女词人之死，也颇有点李长吉的味儿了。至于她的诗，诸家均谓其似长吉，似亦并非虚誉，兹录集中《春晓》、《春晚》二曲，以见一斑：

琤琮铁马东风冷，乱落樱桃糁幽径，梦里黄莺听未真，绿雾如烟隔花影。美人日午恋红衾，绿云香滑堕瑶簪，海棠夜雨愁春老，唤婢钩帘看浅深。（《春晓曲》）

垂柳堤，春风短；游丝十丈牵难转。落花委地愁红浅，燕尾分香留一翦。细雨拖寒散满城，冷烟腻树莺无声。细草得意娇暮春，横阶当路历乱生。（《春晚曲》）

1935 年

《明人小品选》序

1930 年代，晚明小品文曾在读书界流行一时，在林语堂的影响下，明人小品文似乎成为遗世独立的性灵文学，无论日常生活或写诗文，要以非常闲适地抒发个人之情为主。不久，日本帝国主义侵略军的炮火，把这种闲适的抒情气氛打垮了，从此没有人再提起明人小品。

近来，忽然又有人在注意明人小品了。香港有一位青年学者，写了一本《晚明小品论析》，要我写一个封面题签。前不久，上海书店通知我，要重印我的一本《晚明二十家小品》。现在，又收到卢润祥同志来信，说已编成一本《明人小品选》，要我给他写一篇序文。这样一来，使我感到，好像我和晚明小品文有密切的关系，也许现在的青年人，以为我也是在 30 年代大力提倡明人小品的人。关于这一点，我觉得，今天应当说说明白。

我在 1935 年选编过一本《晚明二十家小品》，这纯然是为“稻粱谋”，应出版家之请而投机编书，并不是作为提倡晚明小品的文学事业。我在那本书的序文中早已交代过了。我以为，对于一个文艺作家，无论他的创作方法，或他所选择来表现的题材内容，都不应该局限于一隅。人的社会活动是复杂的，有闲适的时候，也有激昂奋发的时候。有抒写儿女私情的作品，也有发泄民族公愤的作品。只要看杜甫和辛稼轩两大诗人，他们的作品中有民族革命意识，有政治讽谕，但也有不少闲适的抒情韵语。这是每一个作家正常的创作方向。

最早宣扬晚明小品文的，是周作人。他在一次关于《新文学之源流》的演讲中，首先讲到了公安、竟陵两派文人为首的晚明作家，他们的创作倾向是反对前后七子的伪唐诗，反对唐顺之、茅坤的伪古文，反对当时达官贵人的馆阁文体，因而提出了抒发个人情感，纯任自然，不加刻画，不为载道之文，不用陈辞滥熟语，这一系列针对当时文弊的主张。周作人以为，“五四”新文学运动的兴起，其基本精神正与晚明的公安、竟陵派文学运动相似。因而他的结论是，新文学运动的源流是上承晚明的文风。

从这一角度来讲文学发展史，当然可以备一说。但周作人把文学分为载道与言志两派。认为公安、竟陵文人是言志派，他们的对立面是载道派，这样就把作家的创作方法分为一对矛盾，抒情的不准载道，载道的不准抒情。后来，林语堂接过周作人的火炬，在上海大力提倡晚明小品文，他积极宣扬闲适笔调，抒情文风，积极反对金刚怒目的革命杂文，义正词严的载人民之道的文风。于是，林语堂所提倡的晚明小品，在当时的政治、社会形势之下，只能代表资产阶级逃避现实的没落文风。

现在，读书界又将出现一些明人小品的选本，包括卢润祥同志的这一本。我利用这个机会，把我对于晚明小品文的看法谈一谈。这些小品文本身没有问题，问题是在于如何对待，如何认识，如何继承利学习它们。今天的青年读者，对这些晚明小品，应当看作古典文学百花中的一朵，而不是唯一的一朵，也不能说是最好的一朵，应当了解它们之所以产生的积极意义，同时也应该认识到它们被林语堂利用之后所产生的消极作用。其实，不仅是晚明小品，我们对古典文学或外国文学的一切流派，都应该运用一分为二的辩证观点去了解和学习，本文就只着重谈一下晚明小品。

1983 年 6 月 10 日

《四婵娟》注释本序

浦汉明寄来她编注的洪昉思《四婵娟》剧曲，打算印行，要我写一篇序文。这可使我为难了。近年来，我虽然为老朋友或年轻人的著作写过几篇序文，但那些著作都是我熟悉的，写序文多少总有话可说。现在这部著作是古典戏曲，这一行的书，我已整整四十年没有涉猎了。虽然在60年代还在教室里给学生讲过《长生殿》的《骂贼》和《闻铃》，总的说来，我对古典戏曲始终是外行。这篇序文，我踌躇了三个月，不知该如何落笔。

《四婵娟》是洪昉思的一组小品剧作。他模仿徐文长的《四声猿》，以四个杂剧，统率在一个剧目之下，成为一个组剧。它和《西厢五剧》不同，可以说是一种新的戏剧形式。《四声猿》我在年轻时看过，《四婵娟》现在才看到。洪昉思写了四十多本传奇、杂剧，著名而盛行的只有一本《长生殿》。《四婵娟》极少上演，早已成为仅为阅读的曲本，而刻本也流传极少。郑振铎曾得到一部，编印在《古本戏曲丛刊》中，这已是1950年代的事。《古本戏曲丛刊》一共出了四集，每集售价一百元。不是一般人能买得起的。图书馆收藏此书，都作为善本书处理，因此又不是一般人能借阅。现在，汉明把它抄出来，加以注释，并冠以一万余言的序论，谋求排印，使它成为大众可得的读物，这个工作，已经值得赞扬了。她为洪昉思做了一件好事，为古典戏曲的研究和欣赏者做了一件好事。

翻阅汉明这部文稿，使我想起了她的父亲，清华大学中文系故教授浦江清。江清是我的松江同乡，我们在中小学阶段均曾为同学，又是最相知的朋友。从小学到中学，我们几乎无日不在一起。中学毕业后，江清考入东南大学，我考入之江大学，从此，我们只有在暑假回家时有一个月的聚会。大学毕业后，江清在清华大学当陈寅恪先生的助教，我在上海当亭子间作家，此后的岁月，我们就比较疏远，连通信也没有过去的勤了。

江清在东南大学原是修英国文学的，进了清华园以后，逐渐放弃英国文学而热衷于古典文学。在陈寅恪先生的影响下，他的研究方法也走上了考证的道路，于是他写出了《八仙考》和《花蕊夫人宫词考证》。同时，听说他又对元明戏曲发生了兴趣，这或许是受了王国维、吴梅的影响。不久，又听说他非但深入到戏曲研究，而且还很高兴唱曲子。他和俞平伯、朱自清、陈岱孙等人办了一个谷音曲社。

1933 年，江清在清华任教已满五年，照例可以休假一年，并以公费出国游学。他决定到英国去，暑假中到上海来候船，住在八仙桥青年会，于是我和他又有了晤谈几天的机会。有一天，我看见他的旅行包里有一支笛。我心想：你到英国去还要吹笛子吗？岂知他到了英国，不但在寓所里吹笛，还有一次在公共汽车中忽然唱起昆曲来，惹得同车的英国人以为他是一个中国疯子。

1939 年，清华、北大都迁到昆明，合并为西南联合大学，江清也来了。当时我和吕叔湘都在云南大学。于是我们在翠湖旁边的承华圃街合租了几间民房作为宿舍。在这一段岁月中，我经常听到江清在屋子里吹笛拍曲。

今天看了汉明的文稿，她父亲的曲迷风度又浮现在我跟前，想不到他有一个女儿，也喜欢研究古典戏曲，能继承她父亲的爱好和工作，这真可以说是“中郎有女”，能传家学，岂非也是一件值得赞扬的事？

给人家的著作写序文，尽管有各种不同的写法，话题总离不了这本著作或其作者。现在我在这两方面都已谈到，似乎可以说完成了任务。那么，就算它是一篇序文，不知自愧地让它放在卷首吧。

1987 年 10 月 30 日

关于“竹枝词”

在8月5日《解放日报》的《朝花》副刊上读到陈诏同志为《上海竹枝词》呼吁出版的文章，感到有些郁闷。现在做文史研究工作的人不算少，有些人做专题研究，有些人做文献编纂，同样都是有效益的文化工作。但是他们的工作成果，绝大部分都无法出版问世。这一现象，在最近四五年来，日益明显突出。难道真是经济改革愈成功，文化水平愈低落吗？

川沙的顾炳权同志，我认识他已十多年了。最初，他在业余时间，对词学有兴趣。他埋头苦干了几年，编了一部《词律补遗》。这是补万红友《词律》中所收词调名之遗。他把两厚册油印原稿送来给我看，希望我帮助他介绍出版。我佩服他收罗之广，考核之精，但是，我对他说：“这部书没有出版的希望，因为它没有实用价值。即使对研究词学的极少数人，它也只是偶尔提供检索的一部备而不用的书。目前的出版家，绝不愿意承担出版。”

顾炳权同志把原稿藏起，转移兴趣，忽然对竹枝词热心起来了。他在编《川沙县志》，利用搜集本县文献的机会，很容易收集到川沙竹枝词。他来问我：“这个工作有没有意义？”

我立刻告诉他：“我也经常注意各地的竹枝词，说得低一点，这是一种很有趣味的风土诗，说得高一点，这是民俗学（或称谣俗学）的好资料。”我还告诉他，30年代上海通志馆曾有意收集过上海竹枝词，这些竹枝词大多数记录了上海开埠时的社会琐事，对今天研究上海社会史的学人来说，极有参考价值。顾炳权同志得到我的鼓励，又扩大范围，进行收集大上海的竹枝词。去年，上海古籍出版社出版了一套《上海滩与上海人丛书》，其中就有上海竹枝词三种。这是又一次鼓励顾炳权同志。

北京有一位目录版本学家雷梦水，曾从历代诗集中抄出各种竹枝词，得数千首，我曾见到一份目录。另外有一位丘良任同志，曾任安徽大学教授，退休后住在北京。他经常在北京图书馆看书，抄录得竹枝词一千多种，二万多首。顾炳权同志到北京去开会，结识了这两位同道，于是他们互通声气，互相获得鼓励。今年春间，由于顾炳权同志的介绍，丘良任同志寄我一份《竹枝三百咏》，这是他选出三百种较重要的竹枝词，每种各系一诗，后有注解，差不多是三百种竹枝词的提要。我看过之后，不禁感慨。我国有不少学者，各自在默默无闻地做各种自己喜爱的文化工作。辛劳十多年，力不竭，志不衰，而他们的成果却很难公开发表。这些稿本，将来恐怕都不免于毁亡，岂不是一种文化损失？

顾炳权同志所收集的仅限于上海竹枝词。雷梦水同志收集的仅限于诗集中的零碎竹枝词。丘良任同志收集的面最广，重要的是一百首、二百首的组诗，多半是单行本，其次是诗集、笔记、方志中的零星篇什。我以为，丘良任同志的收集成果，更应当呼吁抢救。

竹枝词起源于中唐诗人刘禹锡。他那十多首竹枝词，还只是民歌风格的诗，还没有浓厚的民俗学意义。宋元以后，出现了各种地方性竹枝词，往往是数十首到一二百首的大规模组诗。每首诗后附有注释，记录了各地山川、名胜、风俗人情，以至方言、俚语。这一类的竹枝词，已不是以诗为主，而是以注为主了。这些注文，就是民俗学的好资料。

我想建议诸位竹枝词的收集家，把众多的竹枝词筛选一下。首先淘汰一批只有诗，没有注文的。再在有注文的作品中选取其有民俗学资料价值的。这样就可以减少数量，撷取精华。然后分省编录，由各省志书编辑室分别承担印行，这就省力省事，可以收到保存文献的效果。

1990年9月9日

批《兰亭序》

王羲之的《兰亭序》，尽管它来历不明，聚讼纷纭，至少在唐朝以后，总可以算是古文名篇了吧？不过，这一名篇，还是靠唐太宗李世民的吹捧，在书法界中站住了脚，在文章家的观感里，它似乎还没有获得认可。许梿的《六朝文絜》、王文濡的《南北朝文评注读本》都不选此文，可知这两位六朝文专家，都不考虑这篇文章。曾国藩的《经史百家杂钞》也不收此文。可知这篇文章在近代的盛行，作为古文读物，还是姚惜抱的《古文辞类纂》和吴氏昆仲的《古文观止》给它提拔起来的。

我在中学时，国文教师已经给我讲过这篇文章，可惜我早已记不起老师如何讲法。自己当国文教师时，也给学生讲过几十遍，也记不起当时我如何讲法。大约都是跟着各种注释本，一句一句地讲下去。讲完之后，赞不绝口地对学生说："好！好文章！"

新中国成立以后，我没有讲过这篇名文，不过，我学会了用思想分析的方法来讲古文。"文化大革命"期间在嘉定劳动，住在卫生学校。一天，有一位卫校语文教师拿这篇名文来问我，她说："这篇文章上半篇容易懂，下半篇难懂。特别是其中一句：'死生亦大矣，岂不痛哉！'到底是什么意思？"经她一问，我把全文又读了一遍。禁不住发愣了。怪哉！怪哉！从前讲得出的文章，现在讲不出了。

从"向之所欣"到"悲夫"这一段文章，是全文主题思想所在，可是经不起分析。我和那位女教师逐句讲，逐句分析，结论是对这段名文下了十二字评语："七拼八凑，语无伦次，不知所云。"

请看："向之所欣，俯仰之间，已为陈迹，犹不能不以之兴怀。"这是说人生短促，一瞬之间，一切都过去了，使人不能不感伤。

底下接着却说：“况修短随化，终期于尽。”这是说：何况寿命长短，都随大化（自然）决定，归根结底，都是同归于尽。这一节的思想是和上一节对立的，既然知道人寿长短，同归于尽，为什么还会感伤于人生之短促？这个“况”字怎么加得上去？

再接下去，却说：“古人云：‘死生亦大矣。’岂不痛哉!”这个古人是谁？是孔仲尼。不是真的孔仲尼，真的孔仲尼没有说过这句话。“死生亦大矣”，见《庄子·德充符》，作者抬出一个假设的孔仲尼来和一个跛脚驼背的王老做论辩的对立面。王老的思想代表庄周，对于人的生命认为无论寿夭，同归于尽。孔仲尼却认为人的死生，关系很重大，尽管长寿和短命，同是终尽，但这是从同的现象看，如果从不同的现象看，死生的意义就不同了。

“死生亦大矣”，虽然不是孔仲尼真的说过，但在一部《论语》中，也可以找到注释。“未知生，焉知死？”可见孔子在生死之间，更重视“生”。他要解决、求知的是人的生存问题，而无暇考虑死亡问题。“仁者寿”，可见孔子并不以为“修短随化”，人的善良品德可以延长生命。颜渊早死，孔子哀恸道：“天丧予。”天使我大受损失。可知人的生与死，有时也是一个重大的得失问题。

把“死生亦大矣”这一句的意义讲明白，就可以发现这一句写在“修短随化，终期于尽”之下，简直无法理解作者的思维逻辑。底下还加一句“岂不痛哉!”我们竟不知道他“痛”的是什么？

更奇怪的是，接下去又来一句：“每览昔人兴感之由，若合一契。”我们再看上文：“俯仰之间，已为陈迹。”这是一种兴感之由。“修短随化，终期于尽。”这是又一种兴感之由。“死生亦大矣。”这也是一种兴感之由。明明是三种兴感之由，至少包括庄、孔两派的人生观，怎么会“若合一契”呢？

再读下去，见到一句“不能喻之于怀”，刚才读过一句“不能不以之兴怀”，只隔了一行，就出现重复句法，亦是修辞学的毛病。前半篇文章中有“丝竹管弦”，已经被宋朝人批评过，这里一句，还没有人指出，顺便在此批一下。不过，这不是大问题，姑且存而不论。

下面来了一个惊人的句子：“固知一死生为虚诞，齐彭殇为妄作。”上文“况修短随化，终期于尽”二句用的是肯定语气，这不是“一死生，齐彭殇”的观点吗？隔了二行，却说这个观点是“虚诞”和“妄作”，岂不是自相矛盾？

接下去，又避开了上文的论点，说道：“后之视今，亦犹今之视昔，悲夫！”我们无法揣摩作者“悲”的是什么？因为今昔二字在上文没有启示。今是什么？“已为陈迹”吗？昔是什么？“向之所欣”吗？或者，“今昔”指“死生”吗？一般的注释，都说：今是今人，昔是古人。那么，作者所悲的是：一代一代的人，同样都有“前不见古人”的悲哀。大约作者之意，果然如此，不过应该把今昔释为今人今事与古人古事。但这两句和上文十多句毫无关系，连接不上，依文义只能直接写在“向之所欣”四句之下。因此，这中间十多句全是杂凑，迷乱了主题，岂非“语无伦次，不知所云”？

我和那位女教师讲完之后，她也同意我的讲法。她说：“我就是觉得‘死生亦大矣’这一句上下都接不通。你一分析，挑出了整段文章的杂乱。以后怎么办？怎样讲法？”我说：“照老样子讲，不要改变。这些文章已成权威，碰不得，只好人云亦云地讲，明哲保身。”

这件事，已过去二十多年了。今天看神龙本《兰亭帖》，忽然想起旧事。因略有空闲，故秉笔记之。反正我已快要“俯仰之间，已为陈迹”，用不到再“明哲”了。

1990 年 9 月 20 日

禅　　学

十天之内，就看到四五篇弘扬禅学的文章。据说外国的汉学家都在研究禅学，所以中国的青年学者也得赶紧钻研它一下，免得遇到外国禅学家的时候，对答不上，相形见绌。

五十年前，为了查船子和尚的记载，我买过一部《四部丛刊》本的《景德传灯录》，顺便也看过不少有禅味的偈语。实在要怪自己没有“佛性”，对于那些“顿悟”出来的“机缘语”，总是无法“悟入”。1961 年，为了要买八角钱一只的鸡蛋，我把儒、释、道的书都卖掉了，当然也包括《景德传灯录》在内。

前几年，老友苏仲翔标点了一部《五灯会元》，我很想再染指一下，补补课。向他讨一部，他答应了。不过到今天还没有送来，大概他知道我和禅门不会有缘，免了罢。

从青年学者论文中，又读到了那三首代表“渐悟”和“顿悟”的著名偈语。

神秀一首：

身是菩提树，心如明镜台。
时时勤拂拭，莫使有尘埃。

慧能二首：

菩提本无树，明镜亦非台。
佛性常清净，何处有尘埃。

心是菩提树，身为明镜台。
明镜本清净，何处染尘埃。

这三首偈语，五十年前读的时候，觉得神秀说的是老生常谈，慧能说的倒是玄妙深刻，他终于得传祖师衣钵，当之无愧。可是，现在我重读这三首偈语，却有新的“悟人”，也不知是我进步了，还是退步了？

先从修辞观点来分析这两家偈语。神秀只犯了一个错误，他可以说“心如明镜”，却不能说“心如明镜台”。“明镜”是镜子，而“明镜台”却是安置镜子的木座了或架子。慧能犯了不少错误：“菩提本无树”，简直是不通。菩提树结的果实是菩提子，菩提子没有树，它从哪儿来？“明镜亦非台”，是一句废话，谁都知道镜子不是镜台，“明镜本清净，何处染尘埃。”这是常识性的错误了。我家大大小小的镜子，都是要常常拂拭，才能保持清净。这个和尚难道没有见过镜面上的尘埃吗？神秀以身心来作比喻，第三句“时时勤拂拭”是对身心二者而言，身要拂拭，心也要拂拭。从诗的艺术来讲，这第三句是收合前二句的。慧能的第三句却说“明镜本清净”，只收了第二句，那么，第一句“心是菩提树”，完全落空了，它到底清净不清净？最后，慧能还有一个大矛盾：第一偈既然说“菩提本无树”，为什么第二偈又说：“心是菩提树”？到底有没有菩提树？

再从思想性来分析一下。神秀是一个好学勤修的老实和尚。他诵经求道，一步一步地培养自己。不管儒学、佛学、科学，“时时勤拂拭”，总是进德修业的基本功。慧能是一个文盲懒汉，他出家做和尚，正如劳改犯去做专业户。他不耐烦生产劳动，想出一个“佛性”、“本性”来哄人。本性永远清净，无须拂拭。只要你能悟本性，便是在家学佛亦可以成正果。如果你不悟本性，便是根器太小，不够资格学佛。他这一招却正是投机得时，惊世骇俗。用这个窍门学佛参禅，既玄妙，又容易，何乐而不为？于是他获得了广大徒众。

祖师弘忍是一个佛教企业家。他眼光敏锐，尽管心知神秀是一个务实的徒弟，但如果把神秀作为继承人，佛门便会像孔门一样，不死不活，恹恹无生气。他在两位高徒之间，计算利润效益，决定把衣钵传给慧能。果然大畅玄风，一本万利。

不要小看佛教徒的这两个宗派，它们对儒学亦不无影响。神秀以渐悟立宗，在北方提倡勤修苦学的学风，使北方的儒学也养成几个朴实精进的学派。慧能在南方以顿悟开山，使南方的儒学也染上了一种夸诞虚妄的习气。

顿悟、渐悟，本来不是两个对立面。没有渐悟的基础，无法获得顿悟。不承认渐悟的顿悟，是一种妄悟。历史唯物主义，我们也学习了几十年，至少应该懂得一点皮毛。从量变到质变，从渐进到飞跃，从矛盾到统一，应当如何解释慧能的“顿悟”呢?

还有人引禅学来喻诗学，做诗要有妙悟，主性灵，要有突然袭来的灵感，都是慧能的门徒。宋以后的旧诗，有许多“打是不打”之类的“机缘”语，很像是当代朦胧诗的先驱者。

多少才人学者，被这个文盲懒和尚哄了一千多年，现在居然又哄上了洋人，这个和尚也可谓“伟大”的了。

1990 年 10 月 3 日

第四辑

读翻译作品

奥维德及其《爱的艺术》

《爱的艺术》（Ars Amatoria）是古罗马文学史上一部独特的书。它既被斥为坏书，又被誉为天才的著作。作者奥维德的全名是波孛利乌思·奥维提乌思·纳索（Publius Ovidius Naso）。公元前 43 年 3 月 20 日出生于离罗马城北 90 英里的苏尔莫（Sulmo），现在称为苏尔莫纳。这是现在意大利中部的一个山川清丽、风景幽美的地区。奥维德的父亲是一位富裕的山民，虽然不是贵族，论门第也属于有清望的大家。

就在奥维德出生的那一年，罗马爆发了内战。久欠粮饷的饥饿士兵起来暴动，杀死了两位元老，因此引起了统治阶层的政治斗争。内战延续了十年之久，成为罗马史上灾祸最残酷的年代。

幸福的家庭生活，使奥维德没有受到政治、社会动乱的影响。在十二岁的那年，他和他的比他大一岁的哥哥一起到罗马和雅典去求学。四五年之后，兄弟二人都通过了文法学的考试。十七岁，学成了修辞学，这是罗马青少年教育的最后历程。当时最负盛名的两位学者，亚雷利乌思·傅思古思（Arellius Fuscus）和包尔修·拉脱洛（Porcius Latro），都是奥维德的业师。

按照罗马制度，一个青年人在完成正规教育以后，必须服兵役一年，然后可以担任政府公职。但是奥维德没有入伍，他和另一位青年诗人一起去作了一次“壮游”，这是对门第较高的青年的特许，可以游学来代替服兵役。他在希腊、西西里岛等处漫游了三年，得到许多浪漫的遭遇和见闻，后来都成为他的诗料。

回到家里，他的哥哥已经病故；这使他不得不找一个正式工作以维护家声。最初，他当了警官之类的差使，他感到不乐意，辞职不干。接着去当了一阵子法官，也不乐意，又不干了。于是向家里宣称，他决定到首都去做作家。这使他的父亲很不愉快，但是还容忍着，希望他去成为一个散文家，将来可以当修辞学、逻辑学教授。可是奥维德却宣称自己要做一个诗人。他父亲大不高兴，训斥了他一顿，还说："你即使成为荷马，也还是一个身无分文的穷鬼。"

为了获得一个青年诗人显然需要的社交生活和醇酒妇人的享乐，他来到首都罗马。运用他的美丽的辞藻和热烈的情感，他写了许多诗篇，呈献给各阶层的美貌女人，从名门闺秀、公主贵妇到歌伶名妓。要不了多久，他声名鹊起，罗马城中所有的女人都对他张臂欢迎。于是他先后写出了《情诗集》、《神与巨人的战斗》、《女杰传》、《妇女美容剂》和《变形记》（有中文译本）等名篇，极为当时罗马士女所喜爱，因为这正是罗马的颓废时间，在酣歌恒舞、醇酒妇人的各级社会中，奥维德的诗是投其所好的。

当时的罗马社会，正是新旧思潮矛盾尖锐的时期。旧派的清教徒要维护传统的道德、伦理、节俭的生活方式，得到家长、宗教和官方同意的婚姻关系，但新一代的青年却突破一切传统，要求生活的自由，恋爱的自由，以享乐为人生的目的。当时执政者奥古斯妥（Augustus）的家庭，就是新旧两派斗争的中心。奥古斯妥的妻子李薇亚（LiVia）是严肃的保守派，她生活朴素俭约，重视传统道德，据说她穿的是自己织的羊毛衣。另外，奥古斯妥的女儿，执政官兼舰队统帅亚格列巴（Agrippa）的妻子茹丽亚（Julia），是一个放诞不羁的新派女人。她爱好诗酒乐舞，左右簇拥着一群才情浪漫的青年男女。据说她穿的是从东方运来的丝绸，轻绡雾縠，有人指摘她和裸体没有什么不同。李薇亚的支持者有她的和前夫所生的儿子谛贝里乌思（Tiberius）和一批元老，还有些著名文人，如诗人弗拉古思（Flaccus）和史学家李维（Livius）。这个集团，人数虽然不多，但影响却不小。茹丽亚手下有广大的青年群众，包括诗人奥维德。他们奉她为盟主，托庇于她的权势，在罗马城恣肆地过着享乐生活。奥古斯妥在李薇亚和茹丽亚之间，依违不定，因为他自己对保守和革新，还是想不定，该怎么办。

但是，由于李薇亚和谛贝里乌思的坚持，要采取措施，整顿风化，奥古斯妥于公元前18年颁布了几项法令，有《婚姻法》、《惩治淫乱法》等总称为《茹丽亚法令》，这是对茹丽亚集团的警告。这些法令维护旧式婚姻的伦理基础，女儿和人私通，家长可以当场把奸夫淫妇处死。丈夫也可以处死有外遇的妻子。妻子不生儿子，可以离弃。不承认自由恋爱而未经家长同意的婚约。纵容或教唆他人有淫乱行为，与犯淫乱者同罪。这样，在青年人的爱情生活中，布下了重重荆棘和罗网。史学家费莱洛（Ferrero）在《罗马兴衰史》中慨叹道："从此，在爱神阿弗洛第特的领域中，建立了恐怖统治。"

公元前12年，茹丽亚的丈夫亚格列巴病故，李薇亚说服奥古斯妥把茹丽亚嫁给自己的儿子谛贝里乌思。茹丽亚的浪漫行为暂时收敛了一下，但社会风气并未好转，青年人的奢侈享乐，稍为隐蔽而已。即使如此，也不长久，一二年间，茹丽亚故态复萌，放诞如故，恢复了一切豪奢的风流生活。公元前六年，谛贝里乌思获任五年期的护民官，但他无力驾驭茹丽亚，又看不惯罗马社会的糜烂生活，一怒之下，取得奥古斯妥的允许，住到罗特岛（Rodes）上去隐居了。

在谛贝里乌思退隐之后四年，即公元前2年，奥维德写出了《爱的艺术》。显然，这是对《茹丽亚法令》的公开对抗，但当时还没有被重视，虽然茹丽亚给他以肯定的赞赏。不久以后，茹丽亚手下有一个自由民费倍*，受人教唆，揭发了茹丽亚许多荒淫行为，登时就掀起了一场大战。按照自己颁布的法令，奥古斯妥必须把自己的女儿判处死刑，经过了一阵子的暴怒和痛苦，他终于免了茹丽亚的死刑，把她流放到一个名为般达塔利亚（Pandataria）的孤岛上。

四年以后，谛贝里乌思回到罗马，由于茹丽亚和亚格列巴生的两个儿子都死了，谛贝里乌思成为奥古斯妥的首席亲信。从此，在他的支持下，那些保守的清教徒派的势力又抬头了。他们要对那些耽于声色的享乐派采取措施。茹丽亚的党羽，在茹丽亚倒台的时候，本来已大受打击，但他们不汲取教训，不久就结集在小茹丽亚左右。小茹丽亚是茹丽亚的长女，非常像她的母亲，也是一个放诞风流的女人。她新近嫁给一个大贵族爱米利乌思·保罗思，但还是行为不检。清教徒派又揭发了她的淫乱事件，于是又掀起了一场风化案子。结果是小茹丽亚和她的情人西拉奴思（Silanus）一起免死，流放到一个名为特莱梅罗的荒岛上。有几个和此案牵涉的人，也同时被判了流刑，其中就有诗人奥维德。据说小茹丽亚和西拉奴思在月神（lsis）祠中幽会的事，奥维德是参与秘密的。因此，奥维德的罪状有两条：一是参与淫乱行为，一是写作诲淫诗篇。从此，奥维德的著作全被禁止，公共图书馆的藏本也一律销毁。奥维德被流放到寒冷的地方，多瑙河口的一个小城托米（Tomi），公元 18 年死在那里，年寿六十。在流放中，他写出了《哀愁集》和《爱药》，以表示忏悔。

《爱的艺术》全书三卷，第一卷《如何获得爱情》，第二卷《如何保持爱情》，第三卷《女人的良友》。第一、二卷从社会学、心理学基础上对青年男女指导如何处理爱情问题，第三卷专为妇女说法，他提高妇女的社会地位、家庭地位，赞扬妇女的才智并不低于男子，鼓励妇女要更主动地对待爱情生活。这些观点，在当时，事实上是很民主，很进步的，如果不是书中有许多色欲的描写，歌颂纵欲的享乐，这三卷诗本来是严肃而纯正的，不至于被目为不道德的淫书。

《爱的艺术》，因为曾经是禁书，故流传下来的古抄本很少。现在所存，仅牛津、巴黎、维也纳，各有一部。牛津本只有一卷，巴黎本三卷俱全，还附有《爱药》全篇。欧洲几个主要国家的近代译本，都从巴黎本译出。有些译本将淫秽的诗篇保存拉丁原文，不予译出，这样，只有能读拉丁文的学者才能读懂，大大地限制了读者群。有些译本，完全删掉了猥亵部分。

这个中文译本是戴望舒从法文删净本译出的。1931 年曾由上海水沫书店印行过，改名《爱经》，仅印一千册，流传不多。现在湖南人民出版社，将予以新版重印，不仅因为它是罗马文学史上的名著，也为了它反映了罗马颓废时期的社会现实。至于诗篇本身，既删净了所谓不道德部分，便显出了其他的积极意义。

附录几段欧洲学者对本书的评论，以代本文结束语：

“《爱的艺术》可能是前所未有的最不道德的诗，但并不是最伤风败俗的诗。我们可以怀疑它对读者是否有严重的害处。”（英国马凯尔）

“《爱的艺术》是一本幽默的教育诗，辞藻和内容是非常淫艳的，但它表现了作者对这个问题的渊博的知识和精细的心理学。”（德国史学家杜菲尔和许华勃）

“《爱的艺术》的第一特点是幽默，因为它寓严肃的教育意义于轻浮的内容中。……而且它把罗马人的社会生活忠实地记录下来。”（德国向茨）

“奥维德非常讽刺地处理了他的题材。这部诗集完全是讽刺女人的。虽然不如茹汶那尔的《第六讽刺诗》的尖锐刻毒，效果却并不较小。”（英国罗马文学史家渥文）

“《变形记》和《爱的艺术》都是为高度想象力的天才作品，在世界上有重要影响。正如《唐璜》是拜伦的最伟大的作品一样，《爱的艺术》是奥维德最伟大的作品。他运用韵律和辞藻的才能已达到了顶峰，他的观察力的生动、精细是无可比拟的。”（英国文评家麦考莱）

1987 年 9 月 28 日

---

* 解放了的奴隶，称为自由民。

《外国独幕剧选》引言（上）

独幕剧，就这个汉字的名词看来，应当解释为只有一幕的戏剧。但是戏剧之所以用“幕”，还是比较近代的事。古希腊人的戏，都在露天的圆场上演出，根本没有布景，当然不用幕布。我国古代的杂剧、传奇，也没有布景，同样也不用幕布，所以古代戏剧，无所谓分幕，因而也没有“独幕剧”这个名词。反之，如果我们用今天的“幕”的概念来说，也可以说古代戏剧都是独幕剧。

欧洲舞台上开始用幕布，大约起于17世纪。当导演者向观众说了开场白之后，幕布拉开，演剧开始。剧终之后，幕布拉合。演一晚戏，幕布只用两次，不能说这出戏有几幕。1880年以后才开始用幕布来遮掩舞台上换景，从此“幕”与“景”有了密切关系，“独幕剧”似乎可以解释为只有一次布景的戏，也就是说，剧情只在同一个地点发展的戏。

但是，独幕剧有分为二场、三场或更多场次的，每换一场可以是换一个景，例如所谓“一幕三场”的戏，剧情分明是在三个地点进行，布景分明是换了两次，这又何以解释“独幕剧”这个名词呢？

原来“独幕剧”这个名词，英语是One Act Play，欧美诸国均同，我国沿用日本的译名，把Act译为“幕”，其实很不妥当。Act的意义是“动作”或“行为”。One Act Play的本义是“一次动作的戏”，剧情复杂的戏，动作分为几个段落，每一个段落可以在一个不同的地点进行，于是有拉幕换景的需要，由此，舞台术语称之为“第一个动作”“第二个动作”。我们现在译为第一幕、第二幕，似乎强调了换景，而抹杀了动作段落的意义。因而“一幕三场”显得好像是个矛盾的名词了。

独幕剧的主要条件是“一次动作”，要求剧情从发展到高潮压缩在一个统一的动作段落之内。最初的独幕剧还要求剧情全部的发展过程压缩在同一个时间和同一个地点，但后来有些剧作家不顾这个规律，因而逐渐产生了分场的独幕剧。分场的独幕剧和多幕剧的不同之处，就在于剧情紧凑，自始至终，为一个主题所控制，不能再分段落。

欧洲 18 世纪初期，有一种所谓“After - Piece”的小戏，我们姑且译之为“尾戏”，这是在全剧演完之后加演的一本小戏，或者在五幕正剧的第三幕和第四幕中间插演，到了 18 世纪后期，巴黎的歌剧院首先通行一种在正剧开始以前先演一本小戏，目的是照顾迟到的观众，也有点像我国舞台上在开演名角的压轴戏以前先演一二出小戏。这种小戏称为“Curtain - raiser”，我们译作“开场戏”，这种开场戏逐渐通行于欧洲各国的舞台，在当时的戏目上已使用了“独幕剧”这个名词。莫里哀写过几个独幕剧（有李健吾的译本），就都是开场戏。

尾戏和开场戏都是现代独幕剧的前身，那种戏大多是滑稽剧、闹剧，这一些歌舞杂耍，只是为了消磨时间，逗观众笑乐，几乎没有严肃的社会意义，因此，虽然当时已称之为独幕剧，却并不是我们现代所说的独幕剧。

1887 年，巴黎有一个青年剧人昂特雷·安朵亚纳创办了一个“自由剧场”。1889 年，柏林也成立了一个“自由剧场”。1891 年，伦敦出现一个“独立剧场”。1897 年，斯坦尼斯拉夫斯基和丹钦科在莫斯科创办了一个艺术剧场。1902 年，雷因哈德在比利时创办了一个小剧场。1907 年，斯特林堡在瑞典创办了一个私人剧场。1908 年，霍尼曼小姐在曼彻斯特创办了英国第一个业余剧场，1899 年，爱尔兰诗人夏芝和格莱葛瑞夫人创办了一个爱尔兰文艺剧场，1902 年，他们又建立了爱尔兰民族剧团。1904 年，这个民族剧团建成了永久性的剧院，就是著名的亚倍剧院。在这十几年间，欧洲风起云涌地发生了一个新的话剧运动。所谓“自由”、“独立”、“业余”、“艺术”这些标名都意味着对商业性的戏剧事业的革命——经济的革命、艺术的革命、教育意义的革命。这个运动，戏剧史上称为“小剧场运动”。1911 年，在美国开始展开了更大规模的小剧场运动，因为在这个时候美国掀起了许多大中学生的业余剧团，使话剧运动开辟了更广阔的用武之地。

独幕剧在这时候忽然交了好运，它脱离了尾戏和开场戏的关系，成为一个独立的剧种。它剧情比较简单，不需要很多演员，不需要很多道具，每个剧本演出时间不长久。最大的优点是到处可以演出，不必租用正式戏院。学校的礼堂，农村的仓库，私人住宅的大客厅，甚至在公园里搭一个小台，都可以演出。因此，业余性的小剧场运动者，他们的剧目，往往采用独幕剧。看时间的需要，每次演一个或二三个独幕剧。影响所及，甚至连商业性的正式城市戏院，也有以三个独幕剧为一个晚上的剧目了。

小剧场运动是一次戏剧艺术的改革运动。它扫荡了拜金主义的商业性戏院里的种种庸俗剧目，使观众能普遍地欣赏具有高度艺术价值的剧本。它培养出许多能掌握高度表演艺术的演员，使观众不再把演员轻视为一个“戏子”。它虽然也排演著名的古典剧目，但大多数是新编的思想性与艺术性结合得较好的剧本。美国伟大的戏剧家奥尼尔，他最初的创作就是给商业性戏院写开场戏，而这些开场戏却成为最好的独幕剧。

现代独幕剧，从戏剧史的断代观点上说，一般都以俄罗斯作家契诃夫的第一个独幕剧《在公路上》为开始，这个剧本作于1885年。从那时到现在，九十多年间，经过了两次世界大战，独幕剧也有一个较长的发展过程，单就形式方面讲，初期的独幕剧，大多很短，上演时间在一小时左右。后来逐渐有分场的独幕剧，甚至有足够演一个晚上的。1930年代，兴起了广播剧，近来又有了电视剧，它们占用的时间又缩短了。但它们是一种空间戏剧，既没有“幕”的作用，也失去了“一个动作”的意义，虽然这些剧本还被称为独幕剧，事实上这个名词已不很适当，因而也有人改称为“短剧”。短剧这个名词是早已有了的，凡民间节日娱乐的小戏、闹剧、滑稽戏、不分场的独幕剧、分为多场的独幕剧、广播剧、电视剧，都可以通称为短剧，这个名词的概念是不明确的。

我国的话剧运动，虽然已有五六十年的历史，但介绍外国剧本，以资借鉴的工作，却是零碎的、散漫的，缺乏计划性和系统性的。当今，戏剧界已出现了百花齐放的大好形势。一个新的话剧运动正在展开，对于外国的戏剧，已有了借鉴和学习的迫切需要。为了贡献我们一部分虽然微弱但是热忱的力量，我们编纂了这一部“外国独幕剧选”，希望在戏剧的百花丛中，增添一分春色。

这部《外国独幕剧选》将按照独幕剧的发展史，分为三个时期：从1885年到第一次世界大战结束，即1918年。第一次世界大战期间（1914—1918），整个欧洲在炮火之中，独幕剧的发展，和其他文艺运动一样，受到了限制。但在美国，却正是独幕剧广泛时行的时期。大战结束之后的一二年间，欧洲的社会秩序正在恢复中，新的文艺思潮还在酝酿。因此，我们把第一个时期限定到1920年。

我们把1921年至第二次世界大战结束，作为独幕剧发展的第二个时期的界限。

从1946年以后，直到今天，已有了三十多年。在这期间，全世界各国的独幕剧，又有了新的发展。特别是在非洲、拉丁美洲和东欧许多国家，独幕剧也已成为重要的剧种。估计这个时期，我们列为独幕剧的第三个时期，外国的独幕剧，肯定有非常活跃的发展。可惜的是，这一时期我们和外国的文艺界的联系甚少，知之不多，因而我们这一时期的剧本现在还未能编定。以上是我们这部《外国独幕剧选》的编选计划。现在，当第一集编成付印之际，向读者作一个交代。

第一个时期的独幕剧，我国原先已有过许多译本，我们在编选时，尽量采用旧有译本。但由于几十年前的文体，和今天的语文已有了相当大的距离，所以在文字上，不能不加工、润色。有些译本，是请原译者亲自修改的。原译者已故世的，我们斗胆代为加工了，选目中未有过译本的，都是最近为本书特译的。每个剧本的前面，配以简明扼要的短文，对作者、作品作简单说明，以便读者阅读时参考。短文的撰写者除本书编者外，还有徐闻莺、吕兆康、荣广润、成丹、毕洛等同志。以后编选第二集、第三集……亦同此例。

我们现在手头可以利用的资料不多，第一集所选剧目，我们自己也并不满意。可能有更好的、更重要的剧目，没有选入；已选入的，可能也不能算是作者的代表作品。这一缺点，还希望读者提示意见，供给资料，使我们今后的工作，得以有所充实。

1980 年 2 月

《外国独幕剧选》引言（中）

《外国独幕剧选》已出版了两集，我们介绍了1885年至1920年间二十二个国家的著名独幕剧共四十八本。现在，我们将仍以两集的篇幅介绍1921年至1945年间的各国独幕名剧。第三集以英国、西欧及亚非为主，第四集选录美国、苏联、东欧及拉丁美洲的作品。

在这二十五年间，世界各国的政治、经济、文化都发生了重大的变化。第一次大战结束后，西欧各国都在忙于政治改组、经济复兴。苏联从1917年建国后，在1920年代，也在忙于建立新经济制度。到1930年代，欧洲的政治、经济、文化，出现了一番复兴和繁荣的气象。但是，好景不长，慕索里尼在意大利执政，以侵略阿比西尼亚来开始法西斯帝国主义。希特勒在德国执政，建立了国社党的纳粹主义极权统治。日本军国主义者侵略我国东北各省，制造了伪满洲国。国际政治上的剧变，引起了国际关系的矛盾，同时也使各国国内被压迫阶级和剥削阶级的矛盾趋于尖锐化。大幅度的国际矛盾和阶级矛盾，终于爆发出了一场历时八年的第二次大战。

在这样一幅时代背景前面，各国的文学艺术都受到影响，独幕剧也不在例外。在本世纪最初二十年间，独幕剧的题材大多是社会或家庭琐事，男女爱情纠葛，或是仅供观众娱乐的俳谐或惊骇的故事；但在这以后的二十五年间，独幕剧的题材内容有了扩大和提高。它们有反映社会主义经济建设的苏联剧作，有德、意流亡作家的反法西斯剧作，也有宣扬法西斯主义的纳粹德国作品。在西班牙，有反佛朗哥的民主斗争作品。第一次大战的劫后余生，写出了反战的剧本，到第二次大战前夕，在新的战争威胁之下，敏感的作家又写出了另一种反战作品。到了第二次大战期间，在被纳粹德国军队蹂躏的各国，又出现了爱国主义的作品，如法国的抵抗文学和苏联的卫国战争文学。1920年代，全世界工人运动蓬勃兴起，因而出现了许多反映工人生活及其斗争的剧目。社会琐事，提高到社会大事；爱情纠葛，可以只是政治矛盾的表象。即使是一个小喜剧或小悲剧，也会含蓄着阶级斗争的意义。这些都成为独幕剧的新的特征。

第一次大战以后，从西欧开始，产生了许多新的文艺思潮和文艺流派：立体派、印像派、未来派、表现派、超现实派、荒诞派等等。它们波及世界各国，使各国的文艺都在不同程度上受到影响，独幕剧亦不可能遗世独立，不受冲激。

1930年代，无线电广播事业勃然兴起，短小精悍的独幕剧，立即被利用为广播剧种，于是独幕剧的效用，从舞台艺术扩大到空间艺术。接着，有许多专为广播用而编写的剧本，就称为广播剧（Rcdio Play），它们仍属于独幕剧类型，独幕剧和广播剧，有时就混称为短剧。

题材内容的多样化和复杂化，使独幕剧的篇幅有拉长的趋势。前期的每个独幕剧，译成中文，一般都在一万字至二万字，上演时间，都在一小时光景。这一时期的独幕剧，译成中文，有长达四五万字的，演出时间，需要二小时上下了。但是，另一方面，作为广播剧，又出现了二三十分钟可以结束的剧本。

新的文艺流派，使独幕剧和多幕剧一样，在表现手法和演出技术方面起了很大的变化。许多剧本的结构，人物性格的表现，剧情开展的逻辑，舞台设计的形象与气氛，都突破了旧的传统，使观众耳目一新。

从希腊时代以来，戏剧一向只分为喜剧和悲剧两大类型，可是，随着社会组织的复杂，人情世故的变幻，有许多剧本并不仅仅是一个喜剧或一个悲剧，于是便孳生了更多剧种名词。人们把莎士比亚的《第十二夜》和《仲夏夜之梦》称之为喜剧，但把《威尼市商人》称为悲剧的喜剧，或说悲喜剧（Tragi－Comedy），因为这个剧本虽然以喜剧结局，但贯串着悲剧成分。《错误的喜剧》和《驯悍记》是另外一种喜剧，为了制造笑料，作者使用了过于荒唐无理的夸张手法，使这个剧本几乎成为低级庸俗的闹剧，而不是正统的喜剧，因此人们就称之为闹剧的喜剧，或说闹喜剧（Farce - comedy）。

这样的情况，在独幕剧中也逐渐出现了。格莱葛瑞夫人的《监狱门》，约翰·沁孤的《骑马下海的人》，被称为浪漫的悲剧（Rom - antic Tragedy），奥尼尔的《琼斯王》和《有记号的地方》，被称为现实的悲剧（Realistic Tragedy），喜剧一般都是用浪漫主义手法的，但有些剧本寓有严肃的讽刺作用，反映的是社会现实，于是这些剧本被称为现实的喜剧（Realistic comedy），例如甘代洛兄弟的《一个晴朗的早晨》和艾尔维欧的《谦虚》。有一些迎合小市民趣味的较低级喜剧，只是为了引逗观众喜乐，说不上有多大意义，就沿用旧名，称之为闹剧（Farce）或笑剧（Melodran），这一类型的独幕剧，还是继承着开场戏的老传统，用于多幕剧上演以前，或节日娱乐。但是，其中也有对某些社会现实或某些人物作故意歪曲的模拟以寓其讽刺意味的，则称之为曲拟剧（Travesty）。曲拟剧必须是个讽刺剧，尽管有荒唐胡闹的成分。此外还有一些以恐怖、惊险的故事或人物刺激观众的感官神经的剧作，它们既非喜剧，亦非悲剧，则称之为惊骇剧（Thriller），例如梅特林克的《不速之客》和邓珊奈爵士的《小酒店的一夜》。

诸如此类的名词，用于长剧，同样也用于独幕剧，大多出现于 1920 年代。它们并没有严格的定义界限，一个标题为喜剧的，可能实在是一个笑剧；一个悲剧，也可能同时是一个惊骇剧。它们有的是剧作者自己标明的，有的是戏目海报上标明的，只是为了方便观众，免得光看剧目，不知其剧情内容。

以上简单地叙述了这一时期外国独幕剧的一些新的情况，或许有助于读者对独幕剧的了解和欣赏。

这一套《外国独幕剧选》的第一、二集，是我和海岑同志合作编选的。海岑同志于 1981 年 7 月不幸病故，使我失去一位相知多年的文艺益友，甚为哀悼。从本集起，这个编选工作由我承担，所有的编选计划和规格，仍和前二集一样，剧目选择，取其有代表性，题材面广，可读可演。译文尽量利用已有的译本。但第二次大战以后的外国独幕剧，我国已有译本的很少，今后恐怕要全部请优秀的译者为我们特地翻译。每个剧本前的作者介绍，由译者或编者撰写。剧本分析部分，仍请对戏剧有研究、有鉴赏力的专业同志们撰写，这里，让我向他们致谢，同时也向各个剧本的译者致谢。

1982 年 9 月 28 日

《外国独幕剧选》引言（下）

《外国独幕剧选》第五集、第六集是我们这一套系统地介绍外国独幕剧的计划的最后部分。在这两集中，我们选译了第二次世界大战以后各主要国家的独幕剧三十六个。它们所占的具体年代是1951年至1977年。

历时八年的第二次世界大战，使欧、亚两大陆及北非的许多城市农村，成为一片废墟。劫后余生的人民，在吊死伤亡的悲痛情绪中重整田园，复兴家国，几乎都花了十多年时间。文学艺术的发展和繁荣，也必须先经过这一段时间的休养生息。

第二次世界大战结束后，整个地球的颜色和面貌都改变了。由于政治制度、经济结构、社会生活在每一个战后国家中都发生了重大变化，人民的意识形态也相应地起了变化，既不同于战前的本国，也不同于战后的邻邦。

资本主义国家的文学艺术，向来以法国为中心。近代文学上的许多新倾向、新流派，大多起源于法国。法国是一个民主生活自由思想传统悠久的国家，一个文化水平较高的国家，也是一个资本主义文化发达的国家。第一次世界大战结束后，法国的文学艺术已经开始背叛一切对旧事物、旧哲学的传统观念，产生了达达主义（Dadaism）、立体主义（Cubism）以及超现实主义（Surrealism），战后又风行过萨特的存在主义（Existantalism）。到本世纪50年代，戏剧界又崛起了以欧也纳·尤涅斯库、萨缪尔·贝克特等人为巨擘的荒诞派戏剧。从50年代中期到70年代，荒诞派戏剧在西欧舞台上风靡了二十年，也波及英、美和拉丁美洲。

早在1896年，一位法国诗人阿尔弗莱·夏利（Alfred Jarry）写了一个怪异的剧本《乌布王》，从故事人物到布景、道具，全都是怪怪奇奇的。人物都像木偶戏里的傀儡，布景像儿童的漫画，舞台上两支军队打仗，使用的都是儿童玩具箱中的小铅兵。1896 年 12 月 11 日，这个剧本在巴黎新剧场上演后，舆论哗然。有诅咒，有惊讶，有痛骂，有思考。但也有不少人立即赞赏。无论如何，它是向传统戏剧提出的一次抗议行动。接下去，就出现了阿保里奈尔的《戴莱西亚的乳房》(1917)，高克多的《艾斐尔铁塔上的婚礼》(1921)，查拉的《煤气心》(1920)，阿拉贡的《一个美好的夜晚的镜子衣橱》(1923)。他们都是超现实派诗人，这些剧本也都是超现实派戏剧的代表作。

"超现实主义"这个名词就是阿保里奈尔首先提出的。在戏剧这一方面，他以为戏剧不应当再受时间和空间的限制，也不能把悲剧和喜剧分开。观众在日常生活中，见到的生活现实已经够多的了，如果舞台上仍然表演他们的生活现实，他们不会感到任何乐趣，也不会引起他们的思考和希望。对于按照维克多·雨果以来的传统戏剧模式，他讥之为庸俗的理想主义。这种戏剧的创作方法，他称之为照相式的自然主义。他主张戏剧必须返璞归真，必须回返自然，而不是照相式的模仿自然。他作过一个绝妙的比喻：人为了模仿走路，创造了车轮。车轮有脚的作用，但与脚绝不一样。戏剧之所以不能照样搬演生活现实，正和车轮与脚的关系一样。这里，他已形象地解释了"超现实主义"这个名词。超于现实之上，现实即在其中，而不是否定现实。

超现实主义的戏剧理论，存在主义的哲学思想，感召了一群新起的青年剧作家。在 50 年代，法国首先出现了以尤涅斯库为首的荒诞派戏剧。第二次世界大战结束后，这个世界进入了原子时代。法国和德国，虽然一个是战胜国，一个是战败国，但战后的人民生活都失去了理智，失去了信仰，失去了希望。人们无法设想自己的前途，甚至也否定了现在。人们活着，是为了什么？为了什么，或不为什么，同样都是以死亡结束。人就像木偶戏中的傀儡一样。你看他们在说话，在活动，但他们不由自主，没有自己的意识。现代人的生活条件是如此之不合理，所以这个人生是荒诞不经的。

这是存在主义者萨特的理论，也是荒诞派剧作的哲学基础。但是萨特的几个剧本中的人物，还是都有理智的，通过一些平凡的生活事件，他们用理智的语言来阐释及表现这个人生荒诞的观念。荒诞派戏剧中的人物，大多是些没有理智的人物，用没有逻辑思维的语言，像梦行人一般的动作，从存在中去阐释及表现这个人生荒诞的观念。因此，这一派的戏剧，没有时地概念，没有转折的剧情，也不给观众以任何悬念，没有戏剧性的故事结构。每个剧本都是莫名其妙地开场，莫名其妙地结束。剧中人物没有性格，因此就不需要姓名。剧本的人物表上，往往只是：房东、房客，主人、女仆，医生、护士、病人等等。1949 年，尤涅斯库创作了他的第一个荒诞派剧本《秃头歌女》，他自己名之为“反戏剧”，意思是反对一切戏剧传统的戏剧。这就很简单地说明了荒诞派戏剧与传统戏剧的不同。

尤涅斯库的《秃头歌女》演出之后，也像《乌布王》一样，使观众目瞪口呆，诧为怪事：舆论的批评，嘲讽，甚至攻击，也不遗余力。但尤涅斯库并不胆怯，坚持写作，发表和上演了许多自己独特风格的剧本，同时也获得同道作家的继起发扬，如萨缪尔·贝克特，阿朵尔·阿尔达莫夫，让·叶耐等，他们都尊他为荒诞派戏剧的奠基人。60 年代，荒诞派戏剧终于被群众和学院承认为一种折射反映时代生活的新兴戏剧流派。尤涅斯库于 1970 年被选入法兰西学院为院士。

联邦德国首先接受荒诞派戏剧，在 50 年代中，有许多荒诞派戏剧都先在法兰克福上演，然后在巴黎上演。这是因为战后联邦德国人民在物质生活和精神生活上都感到空虚，正是这些戏剧深刻地表现了他们的时代情绪。我们选译的四个德国独幕剧，全是荒诞派著名作家的作品。此外，瑞士籍的杜伦马特，奥地利的苏默尔，瑞典籍的魏斯，都是属于德语系的荒诞派作家。其中以杜伦马特最为著名。

杜伦马特是多方面的作家，最初以小说著名，后来才转到戏剧。自从 1949 年以《罗莫路斯大帝》一剧成名以后，他的已上演或发表过的剧本已有二十多本。他把自己的作品称为“悲喜剧”，因为剧情虽是滑稽可笑，甚至荒诞不经，但人物形象却是悲剧性的。他的剧作，除去荒诞不经的外衣，主题思想的本质，却遥远地继承了希腊喜剧，因此有人把他比之为阿里斯绥芬斯。

彼得·魏斯也是当今西欧一位重要剧作家，他倡导了一种所谓“文献戏剧”。他以荒诞的表现手法和舞台形象，表现当代政治事件或重大的历史事件。他的成名作品是《马拉被害记》，曾被誉为布莱希特以后德国最重要的戏剧。以后，他又写了以反对越南战争为题材的《关于越南的讨论》，以19世纪诗人为题材的《荷尔代林》等剧本。在他的倡导下，“文献剧”在民主德国和联邦德国都盛行过一时。

70年代，联邦德国又掀起了“新大众戏剧”运动。这一派剧作家不用重大的政治事件或著名的历史人物为题材，转而注意于小城市、小农村里的各色下层人物，他们多数是被迫害、被歧视的多余人。他们的贫困的生活，可怜的遭遇，无人同情却反而供人哗笑。马丁·史贝尔、伏尔夫冈·鲍尔，是这一派的代表作家。无论“文献戏剧”或“新大众戏剧”，只有在主题和题材上面向现实主义，但在表现手法、情节结构方面，还属于荒诞派。这就可见从50年代至70年代荒诞派戏剧在法、德二国的盛况。

西班牙的现代戏剧有菲特列戈·洛尔伽的传统，意大利有毕朗代洛的传统，这两个传统都很容易接受荒诞派的冲击，西班牙和意大利自然而然地成为荒诞派戏剧的发展领域。波兰、捷克斯拉伐克、罗马尼亚，在历史传统上一向受有深厚的西欧文化的影响，因此也不可抗拒地受到荒诞派戏剧的渗透。

苏联，在第二次世界大战结束后，文化事业方面并未有新的气象。战时的损失太大，战后的复兴工作也最艰巨。最初十年间的舞台上，演出的都是描写反法西斯卫国战争中的英雄人物的戏。尽管有杰出的剧本，优秀的演出，能使观众感动，但太多了，时间太久了，观众便有千篇一律之感，到60年代，戏剧界便冒出了“非英雄化”的倾向。剧本题材转向一般人民的社会生活、家庭生活，在新的物质条件和伦理观念的关系中，表现了人民大众的各种矛盾。到70年代，苏联开始搞科技革命，实行新经济政策，戏剧题材也跟着转了一个方向，以生产为课题的剧本风行一时了。同时，过去十多年间那些表现小市民、小人物的日常生活矛盾的剧本，在70年代，剧作家提高了表现角度，使剧中人物的故事、行为、思想、感情、命运，不仅是人与人的关系的结果，而是时代、社会，或者政治影响的结果，于是出现了一种以心理刻画为表现方法的伦理道德戏剧。1972年淹死于贝加尔湖的青年剧作家万比洛夫是这一派戏剧的旗手。

英国，尽管它是个最保守的国家，尽管莎士比亚的作品至今还是经常演出的剧目，但是约翰·沁孤、格莱葛瑞夫人、萧伯纳等大作家的传统，还在继承和发展。荒诞派戏剧虽然在英国影响不大，也出了一些突出的作家作品，哈罗尔特·品特的《生日晚会》、《侏儒》等剧本，都曾轰动过观众。但一般情况，话剧还是在正常传统的基础上推进，我们介绍了从奥凯西到谢弗尔的三个剧本，代表这四十年来从老作家到新作家的戏剧风尚。

美国戏剧向来是英国和法国的混血儿，但因为观众的保守性，西欧文化的新风尚、新流派，不容易很快侵入，只有为数不多的知识分子能够立即响应。例如，法国的超现实主义，在第二次世界大战以后，方才在美国时髦起来，而在法国，这一流派早已过时了。四十年来的美国戏剧，在奥尼尔之后，人才辈出，有以《玻璃动物园》（1945）成名的田纳西·威廉斯，有以《推销员之死》（1949）成名的阿瑟·密勒，以《回来吧，小希巴》（1950）成名的应琪。不过，美国的戏剧中心，一向在纽约的百老汇区，而百老汇的观众一向都是文化水平不高的小市民。战后人民的娱乐生活移到了广播与电视，或者仍然是美国所固有的庸俗的裸体表演。因此，百老汇的剧场都不欢迎曲高和寡的有教育意义的话剧。许多话剧作家只能向百老汇以外去寻觅英雄用武之地，这样，就像是又恢复了20年代小剧场的情况。不少优秀作家的剧本都只能在各式各样的小剧场演出，于是被称为“外百老汇派”。总的说来，美国虽然出现了许多杰出的戏剧家，但这个国家的话剧命运却不算亨通。

以上扼要地叙述了第二次世界大战后几个主要国家的话剧情况。剧运复兴，几乎都在50年代中期之后。这是一个戏剧流派众多的时代。每一个国家出现的新倾向、新流派，都反映着人民的生活和思想情绪，有其社会基础。荒诞派剧已风靡于西欧，又在不同程度上影响到其他各国，也是可以理解的。我们虽然不想提倡荒诞派戏剧（事实上，这个流派也已过时了），但我们仍然在第五集和第六集中介绍了比较多的荒诞派剧本，主要是为现代世界剧运留下一个里程碑。

1985 年 9 月

《域外文人日记抄》引言

自从文学革命运动以来，我国新文学的第一个成绩是新诗，其次是戏剧，又次是小说。在这十六七年的时期中，这三者都有了很好的发展。而美文之被重视，则是最近一二年间的事。这个现象，据我的愚见看起来，是自然的，并且是好的。

这里所谓美文（Belle Lettres），即我们普通所谓散文、随笔、小品之属的文学作品。在文学的范域内，美文常常与诗同处于凌驾一切的地位。这并不是由于一种传统的观念，以为诗是戏剧的前身，而美文是小说的前身，所以尊重它们的。这实在是因为第一，在创作的技巧上，诗与美文比戏剧与小说更需要精致（Delicacy），第二，在本质上，诗与美文又比戏剧及小说更是个人的（Individual）；所以从文学的艺术价值这方面看起来，美文与诗是应得有它们的崇高的地位了。

日记是美文中的一支，并且是最足以代表美文的特色的。其他的文学作品都是预备写给别人看的，而唯有日记是写给自己看的；其他的文学作品大都是写别人的事情，而日记则完全记的自己的言行思想。其他的文学作品是宜于早日印出来的，日记则最好是永远没有印行的机会，否则，宜于在作者死后尽可能延缓的时期中印行出来的。从这几点上看起来，日记岂不是一种最最个人的文学作品吗？

因为是最最个人的，所以它的写作技巧也与其他的文学作品不同得多。我们在写论文的时候，所要注意的是阐释（Exposi - tion），而日记是不需要阐释的；我们在作小说的时候所要注意的是刻画（Description），而日记是不需要刻画的：我们在写其他一切散文的时候所要注意的是文体之明白畅达，辞藻之风华典雅，而这些又不是作日记时所必要的。

可是虽然不要阐释，不要刻画，但是我们在中外名家的日记中，往往看到寥寥的数语，实在已尽了阐释与刻画的能事，对于文体及辞藻也一样，虽然作者无意于求工，然而在那些简约质朴的断片中，往往能感觉到卓越的隽味。所以，从这几点上看起来，可知日记的写作技巧是与戏剧及小说之类完全不同而更需要一些精致的。

写日记的动机也与写戏剧及小说之类的文艺作品的动机不同。倘若必须要断言一种写日记的动机，那么最适当的还得归之于“习惯”。是的，写日记完全是一种习惯，除了“习惯”这个理由之外，我们对于写日记还有怎样好解释呢？

凭着这种习惯，人们每天写着他的日记。在晚上临睡之前，随意地写几句，把一日来的行事思想大略地作一个记录。因为并不是预备给别人看的，所以文字不必修饰，辞句不必连贯，而思想也毋容虚伪了。所以日记这种东西，当作者正在继续写记的时候，是只对于作者个人有价值的；必须要作者死后，为人发现，被视为作者的文学遗产而印行之，它才成立了文艺的价值。

因此，我们可知，日记是不能由作者当作文艺作品似的随时发表的。可以发表的日记，大多不是真实的日记。但是，因为人往往有一种好名之心，所以不发表的日记也未必一定是最好的记录。如我们读曾国藩《求阙斋日记》及李慈铭《越缦堂日记》之类，总感觉到他们在写记的时候，早已注意到将来的读者了，所以，在这些日记中，我们非但在技巧上找不出日记的特点，并且在所表现的思想上，也很可怀疑这是作者的虚饰。这种日记，无论它在别方面的价值如何之大，但在文学上的价值是很低微的。

本编选译了欧美日本七个近代文人的日记，就是注意于上述的标准而选定的。在这七个人的日记中，读者显然可以看得出，托尔斯泰是完全将他的日记册当作备忘簿用的，他每天将他预备要写的论文材料及小说结构都顺次分段地记录下来，以为应用时的参考的。曼殊斐儿则纯然以一个女性的艺术家态度，来忠实地记录她的文学上的感想及她的肺病时期的心理。

乔治·桑的这份日记，则完全是热情而忠诚的恋爱苦之自白了。所以这七个作者对于写日记的目的虽然不同，但是他们都是为自己而记的。

因为日记是纯粹的个人的作品，不需要连贯的字句，所以日记之特点往往就存在于它的许多断片之连续处。自来选录日记者往往忽略了这一点，他们在选录一个断片之后，常常因为下文所记录的事情不在选录对象之内，或不免枯燥无味等这些理由而删节了。这就不能表达出原作的特点。我们往往需要在这种不相关的两个断片的连续中，看出作者在写记时的思想转移的痕迹。所以，本编所选译的七个人的日记，完全照原本选译，一点也未有删削，以存其真。

日记的体裁，约有两种：一是排日记事的，一是随笔式的。但是排日记事的当然是日记的正体。所以本编中除选录《果庚日记》一种以代表随笔式的日记之外，其余都选录了排日记事的日记。(《乔治·桑日记》一种其实也是例外，不过因为它既系有年月时日，姑属于此)

域外诸国近代文人之有日记遗世者，非常之多，可惜译者一则见闻有限，二则藏书未富，所以只在这里选录了七种。其他如法国茹尔·核那尔的日记三大卷的原文迄今尚未买到，不能选译一部分编入本书，殊为遗憾，因为这乃是近年来出版的最好的一部日记文学也。译者很希望他日能有将它全译问世的机会。

1934 年 8 月 19 日

从亚伦坡到海敏威

在短篇小说这一门里，美国似乎很有应该可以自夸的地方。短篇小说的鼻祖，应该推举亚伦坡（Edgar Allan Poe）。而在最近几年来，在短篇小说这方面能够卓然成家的作家，则应该推举海敏威（Ernest Heminway），而这两个都是美国人。

从亚伦坡到海敏威，这其间也相距到一百年光景。然而在这百年间，短篇小说的演进的历程，在技巧方面讲起来，却好像绕了一个大圈子，仍旧走在老地方。

除了一些侦探小说之外，亚伦坡的小说可以说是完全没有什么故事或结构的。我们看他的 Berenice，Morela，甚至 Masquade of Red Death，A tale tell heart，这些文章，一口气读下去，直到读完全篇了之后，回想一想，总似乎并没有从这些篇幅中获得什么故事。而且，有时我们也许会奇怪作者何以费了这许多笔墨来铺张这一点点不成其为故事的故事。然而，在亚伦坡自己，也许还嫌他的笔墨太经济了。他要写的是一种情绪，一种气氛（Atmosphere），或是一个人格，而并不是一个事实。亚伦坡以后的短篇小说，却逐渐地有故事了，Plot，Setting，Character，Climax 这些名词都被归纳出来作为衡量每一篇小说的尺度了。于是短篇小说的读者对于短篇小说的态度，也似乎只是要求一个动听的故事。这情形，大约在 19 世纪下半期，即亚伦坡死后三四十年间，尤其明显。

但是，到大战以后，短篇小说却逐渐走了样。曼殊斐儿是学契诃夫的，但是契诃夫的短篇却比她少一点诗意，多一点故事（Plo - t.）；再后来，像劳伦思、乔也斯等等数不清名字的时髦近代作家的短篇，简直是“满纸荒唐言”，全不是我们的上一辈人所看过的短篇小说了。于是这种影响使侨寓在欧洲的美国作家海敏威变本加厉起来，写了许多替短篇小说的技巧划分一个崭新的时代的作品。然而虽说崭新，实则极旧，因为海敏威的大部分短篇小说，在技巧的用途上，仍是回复到亚伦坡的方法上去了。海敏威的小说与亚伦坡的幻想小说一样地没有故事，他们的目的都只是要表现一种情绪，一种气氛，或一个人格。他们并不是拿一个奇诡的故事来娱乐读者，而是以一种极艺术的、极生动的方法来记录某一些“心理的”或“社会的”现象，使读者虽然是间接的，但是无异于直接地感受了。

但亚伦坡与海敏威到底有一个分别。那就是我刚才所以要特别区分明白为“心理的”与“社会的”两种的缘故。亚伦坡的目的是个人的，海敏威的目的是社会的；亚伦坡的态度是主观的，海敏威的态度是客观的；亚伦坡的题材是幻想的，海敏威的题材是写实的。这个区别，大概也可以说是19世纪以来短篇小说的不同点。

1935年

宫女与妓女

偶然看见《艺术旬刊》第七期中复印着一页法国大雕刻家罗丹的作品，底下译了一个中文题名，叫作《美丽的老宫女》。不觉拍案惊奇起来。我记得罗丹并没有替什么宫女做过雕像。这复印着的雕像，我倒是早已认识了的，它是罗丹的杰作，题名叫作《美丽的Heaulmiere》，罗丹造此奇丑的雕像，完全取材于古法国诗人维雄的一首诗《美丽的Heaulmiere的怨词》。不错，在《艺术旬刊》上复印的雕像下还注着一行“参看第五期译诗”，于是我就去把第五期《艺术旬刊》找来，在第七页上发见了一首维雄诗的汉译，可是题目还是《美丽的老宫女》。

话说Heaulmiere这个字是从Heaulme这字上来的。He—aulme是古代的一种头盔，Heulmere译作头盔，Heaulmiere则是头盔匠太太的意思了。这美丽的头盔匠太太是一个妓女，这是法国古典文学《玫瑰传奇》中的一个人物。诗人维雄慨叹着青春不再，美艳无常，于是设想这曾以艳色闻于天下的女子，在他丈夫死了三十年之后，怨悼着自己的色衰艳褪，衍为极凄厉的歌词。

这首诗第一节的大意是：“我想我听见了那从前做过头盔匠太太的美女，她在婉惜着她的青春，啊！老年，残忍的老年，为什么这样快的把我的容颜摧毁？还有什么留恋，使我还不想自尽。”一唱到这里，那老年的美女就自己顾盼她的皱缩的肌肤，枯干的手臂，不禁回想起当年的雪肤花貌。于是第二节以后的大意便是：“啊，他已经死了三十余年，现在只遗剩着我，一个苍老的妇人。我想想从前的好日子，那时我又何等美艳。现在我怎样了，当我看了自己的裸体，样子瘦得多了，枯萎，瘦弱而颤缩，我真愤恨欲狂了。我的柔滑的额角到那里去了？我的金发妙目到那里去了？我的适中的鼻头到那里去了？我的小耳朵，我的娇眼，我的朱唇都到那里去了？”以下就是竭力描写一个衰老的妓女的诗句，依着次序咏叹下去，肩膀，手臂，眉额，眼睛，鼻子，股肢，乳房，都是清瘦，干瘪，枯燥，萎缩，呆滞得不成样子了。“这就是人类的美艳的结局！”在最后一节里，诗人写了这样的警句。

雕刻家罗丹就是特意应用了这首诗中所描写的样子作为蓝本，而创造了他的名作。我们自然应当一面读维雄的诗，一面再仔细看罗丹的雕刻，就容易体会出这两种艺术的表现法之长处来了。可惜《艺术旬刊》没有将原诗全译；而在中国又看不到罗丹作品的实体。这不免是一些缺点。至于把两个题目都译作“宫女”，那就是牛头不对马嘴了。

《自杀以前》译本题记

亚朵尔·显尼志勒（Arthur Sctnitzler.）是近代奥国著名作家，1862 年 5 月 15 日生于维也纳。少时专攻医学，卒业于医科大学后即在维也纳行医，以业务余暇作剧本及小说。自 1895 年以《恋爱》一剧成名后，大作家的盛名掩盖了他的名医的声誉，虽然他仍旧悬壶应诊，不废旧业。1908 年，得葛列尔巴尔才文学奖金。1931 年 10 月 20 日，卒于维也纳。

显尼志勒是属于新浪漫派的作家。他的作品中的主题差不多只有两个：爱与死。他的一切剧本及小说可以说都是表现着近代的爱与死之纠纷，而他的所谓“爱”又大都是“性爱”，他又是首先受到心理分析学家茀罗乙特的影响的一个作家，所以他的作品中常常特别注意于心理分析的描写。

《中尉哥斯脱尔》是 1901 年的作品，叙述一个名叫哥斯脱尔的陆军中尉，从音乐会场上出来时，因为受了一个面包师的侮辱，再加以其他不遂意的事件，而想自杀的全部心理过程，全文皆为主人公的内心独白，没有一句作者的描写。此种表现方法，恐怕是显尼志勒的创造。后来英国作家詹姆士·乔蔼斯著《攸里赛斯》亦用此文体，成为一代杰作，不能不说是从显尼志勒的作品中获得的启示。

与《中尉哥斯脱尔》同一形式的作品，尚有《爱尔赛小姐》一种。即是 1924 年的著作。爱尔赛是一个维也纳律师的女儿。她的父亲滥用了人家委托保管的钱，几至入狱。她因母亲的叮嘱，去向一个陶丝苔子爵借钱，以偿付这笔迫在眉睫的债务。陶丝苔是一个花花公子，他答应借钱给爱尔赛的父亲，但他提出一个条件：要看一看爱尔赛的美丽的裸体。经过了极复杂的思索，终于爱尔赛在疯狂状态之下，在许多人面前，展露了她的裸体而昏倒了，当她被人家送进房里之后，又偷吃了安眠药片而自杀。这个小说，亦是全体皆用内心独白，而不插入一句客观的描写。故事及心理过程均较《中尉哥斯脱尔》为复杂微妙。故一向被称为现代欧洲文学中一个著名的中篇小说。这两个作品产生的时代相去二十二年，前者是作者早年的试笔，追逐新形式的努力在此中显现了初发于硎的锋芒；后者是晚年的成熟作品，当然显得笔调老辣完美，无懈可击。

有一个时候，我曾经热爱过显尼志勒的作品。我不解德文，但显氏作品的英、法文译本却一本没有逃过我的注意。最先，我译出了《蓓尔达·迦兰》，应出版商的庸俗的请求，改名《多情的寡妇》，由复旦书局印行过。后来又译了《毗亚特丽思》及《爱尔赛》连同《蓓尔达·迦兰》，三种合刊一册，交由神州国光社出版，题名曰《妇心三部曲》——又是一个庸俗的书名，其后又译出了《中尉哥斯脱尔》，改题《生之恋》，曾在《东方杂志》上分期发表过。另有《薄命的戴丽莎》一种，系显氏1928年的作品（原名为《戴丽莎：一个妇人的年谱》），抗战开始时方才由中华书局印行。另有《维也纳牧歌》、《喀桑诺伐之回家》及《狂想曲》三种，译成后未有机会印出，稿存松江舍下，抗战初起时即毁于兵燹。将来恐怕未必有兴趣重译了。

《妇心三部曲》一书自神州国光社歇业后，久已不见于书市，近在长汀县立图书馆中见到一本，已甚破损，但读者有批注其上，谓此书甚好看，请馆员加意爱护，并妥为修补装订，我甚为感动，不意十余年前旧译，尤有嗜痂者。因托人抄出《爱尔赛》一种，请复兴出版社代为印行。又从《东方杂志》中抄出《中尉哥斯脱尔》，改题《自杀以前》，请十日谈社印刷流通。八年以来，我一点没有新的若译点缀盛业，到现在只印出这两本旧译文来，自觉惭愧。但这与原著的价值似乎并无影响。英国诗人亨脱云："书不比女人，老了就不行。"我只能援引此语，聊以解嘲。

1944年6月24日

《称心如意》引言

最先使我对于欧洲诸小国的文学发生兴趣的是周瘦鹃的《欧美短篇小说丛刊》，其次是小说月报的《弱小民族文学专号》，其次是周作人的《现代小说译丛》。这几种书志中所译载的欧洲诸小国的小说，大都篇幅极短，而又强烈地表现着人生各方面的悲哀情绪。这些小说所给我的感动，比任何一个大国度的小说所给我的更大。尤其是《弱小民族文学专号》，其中，又有一些论文，介绍欧洲诸小国文学状况之一斑，使我得到了初步的文学史知识。

其后，当我自己能找外国书志看的时候，我发现有几种英文杂志似乎专注意于这一方面的文学之介绍，例如 Dial，Living Age，Slavonic Review，Poet Lore 等，因此我对于这些杂志也发生了极大的兴趣，然因财力不足，未能每期买得，结果是看到的少，遗漏的多。而看到的又往往是在图书馆中匆匆过目，或从朋友处辗转借来，留一二日即便送还，因此亦未曾多有移译。

1941 年，来厦门大学教书，在西文杂志书库里发现了四五年的 Living Age 及 Dial，皆 1920 年代的东西。我不禁欣然取阅，对于那些未曾看过的固然还觉得挺新鲜，而对于那些看过已久的，尤其有旧友重逢之乐。四年来，每当寒暑假期，山居无事，便将其中所载欧洲大陆诸国小说，择优移译，陆续译成者不下三十余篇。这个集子里所收的十篇，便是此中的一部分。

这十个短篇是我所最欣赏的。我怀念着巴尔干半岛上的那些忠厚而贫苦的农民，我怀念着斯干狄那维亚的那些生活在神秘的传说与凛冽的北风中的小市民及渔人。我觉得距离虽远，而人情却宛然如一。在我们的农民中间，并不是没有司徒元伯伯，而在我们的小城市中，也有很多同样的“老古董”。所可惜的是我们的作家们却从来没有能这样经济又深刻地把他们描写出来，于是我们不能不从旧杂志堆里去寻觅他们了。

1945 年 7 月 9 日

1945 年秋间，福建永安十日谈社给我印出了这个短篇小说选译集，原来的书名是《老古董俱乐部》。如今承正言出版社给我重印，原想另外写一点题记，但看看原先的那一篇，觉得实在也没有别的话可说，故附识数语，述其颠末。书名今改用《称心如意》，较为简净也。

1948 年 6 月 10 日

狄根司小说中的旅店

英国的驿车制度，可以说是世界上古代交通事业的好榜样。18、19 世纪的英国作家，常常在作品中提到旅途上打尖和歇夜的旅店，都以为这是享受安闲舒服的好地方。约翰逊博士甚至说过：“一只旅店里的靠背椅是人生快乐的宝座。”他还说：“一个好的旅店或小酒店乃是人们设计出来的最使人感到愉快的地方。”

海乐特的《格言集》中也有一句：

让世界纷纷扰扰，我自在旅店里逍遥。

散文家特昆赛还专门写了一篇著名的散文《英国邮车》来赞扬英国的邮车驿站。我每次读了英国作家的这些叙述，总觉得我们的古代交通旅行设施比他们差得很远。但是，从火车出现之后，驿车很快地被淘汰了，接着被淘汰的就是沿着驿路供旅客打尖歇夜的旅店和酒店。

狄根司的时代，正是英国驿车交通最繁荣的时代。以伦敦为集中点，从全国各城市各乡镇来的驿车，一日之间，何止千乘？所经由的道路，其干线就有十几条之多。这些路上的旅店、酒店，有许多是很负盛名，为旅客所津津乐道的。它们或则历史悠久，或则以美酒佳肴著名，或则以招待殷勤，宾至如归著名。狄根司浪游全国时，对这些旅店、酒店非常熟悉，因此，他常常把它们写进他的小说中去，或则仍用原来的店名，或则改用一个杜撰的名字，有丰富的旅游经验的人，一看就知道是哪一家。

十年前，我看过一本雷却逊所著《英国古代的旅店》（1934 年出版），谈了几十家著名的旅店，极有趣味。其中有一章《文学里的旅店》，引述了英国文学家在他们的作品中提到过的旅店，从乔叟起到狄根司，都是极好的社会史料。

近来又看到一本麦资所著《匹克威克外传中的旅店和酒店》（1921），专讲狄根司的那本《匹克威克外传》中提到过的那些旅店和酒店，有三十多家，其中有几家还兼见于狄根司的其他小说，可见狄根司对于这些公共场所是很有兴趣的。著者将这些店家详为叙述，常引用狄根司的原文，以证明这位作家在描写这等地方时，也是字字实录，惟妙惟肖，可知他的作品真不愧为19世纪英国社会的一面镜子。

现在我抄译几段，作为这本妙书的经眼记念！

白牡鹿

在《匹克威克外传》第十章的开头，狄根司把伦敦所有那些古老的旅店客栈作了一个有趣味的概述，然后给我们介绍了一个“白牡鹿”旅店。在这一家旅店里，跟了金格尔先生私奔出来的五十岁的老处女来雪尔小姐终于被她哥哥华尔德先生追上了。一场喜剧就在这个客栈里发生，使这家旅店和当时那个擦皮鞋的赛缪尔·维勒先生永垂于不朽。

这个白牡鹿旅店确是伦敦最有名的几家客栈之一，它开设在南华克镇上，一向是泰晤士河南岸的一个马车活动的中心点。从大陆上和英国东部及南部来伦敦的旅客大多在这个客栈里歇脚。载客的马车、运货的大车，整天整夜地拥挤在这家客栈的大院子里，甚至还停靠在它附近。因此，在马车时代，白牡鹿可以说是旅客和商人都非常熟悉的名字。但是，如果没有狄根司那支生花妙笔，它决不会成为没有到过伦敦的那些全世界的读者所熟悉的地方。

这个旅店大约在公元1400年以前就有了。白牡鹿的招牌是取自国王李却第二世的徽章。这个旅店无疑地历来都是达官贵人富商豪客的旅邸。15世纪的《巴斯顿书信集》中，在讲到杰克·凯特的时候，常常提到这个旅店。莎士比亚的剧本《亨利第六》中，也提到过它。1635 年，由于大主教威廉·劳德的宗教迫害而引起的人民暴动，据说当时的兵士和民众都集合在这家旅店里。1676 年，南华克镇遭了一场大火灾，这家旅店完全被焚烧了。可是，随即就在原址照原来样子重建了起来。据当时一位宗教史学家约翰·史屈莱普的记载，说这是一家最大的旅店，可以接待二百位客人和他们的仆御车马。狄根司所描写的正是这家旅店的全盛时代，它反映着英国马车交通时代的最繁荣阶段。可是，不到几十年，火车出现了。这个著名的旅店也和其他一切驿路旅店一样，很快就衰败下来。后来，据说，两边的厢楼首先分别出租，不久，内院也住满了人家。几百年来的豪华旅邸，变成为一个大杂院。到 1889 年，终于被拆除掉，代之以新的建筑物。但是，有一条小巷子，至今还叫作白牡鹿。

皮酒囊

在《匹克威克外传》第十一章中，狄根司曾介绍了一家肯特州科伯姆特村里的一家“皮酒囊”酒店。这是特普曼先生在失恋之后打算匿迹的地方。他在那里写了一封牢骚满腹的信给匹克威克，于是匹克威克就和文克尔先生、史拿格拉斯先生一起去找他们的朋友。先雇了一个车到达洛彻斯特，在那里吃了一顿丰盛的午饭，下午，三个朋友一起步行到科伯姆村。接着，狄根司描写了匹克威克一行三人沿路所见农村风物。这一段文字写得非常好，充分捉到了肯特州农村的典型。原来这里是狄根司最熟悉的地方。当他儿童时代住在都坦村里，可能跟他父亲来这里散步过。后来他在巧克度蜜月，肯定也到这里闲逛过。1840 年，他在孛洛斯代休养了一时之后，和马克利斯及福斯透一同回到伦敦，也经过科伯姆村，在这里停留过两天。1841 年，他和福斯透又在科伯姆耽搁了一天，就是歇在皮酒囊店里的。后来，他定居在盖茨希尔，这里更是他经常散步的地方。所以，他的传记作者记述他在 1856 年的生活，就说：“在科伯姆的周围，沿着公园和村子，经过那个因《匹克威克外传》而著名的皮酒囊，这是狄根司最有兴趣的散步。”

匹克威克先生一边看风景，一边说：“如果所有的人都像我们的朋友那样受到心病的苦恼，他们来到这里之后，我想他们一定会很快地恢复了对于人世间的留恋。”经过了半小时的行程，到达了那个村庄之后，匹克威克又说道：“对于一个厌世者，把这里作为一个避世隐居之地，再好也没有了，再合适也没有了。我从来没有看到过比这个地方更适宜于避世的地方。”这是匹克威克的话，也是1836年狄根司的话。

狄根司说：“皮酒囊是一个干净而宽舒的乡村小酒店。”匹克威克先生在那里找到了他的厌世的朋友。饭后，两个人在教堂墓地里散步，匹克威克先生花了半小时，终于说服了特普曼先生放弃了他的想退隐的念头，而欣然回到朋友们身边。

此后便是匹克威克先生在皮酒囊附近路上发现了一块古代石刻，它使匹克威克先生荣誉地被选为十七个本国和外国的学会的名誉会员。当天晚上，匹克威克先生还在皮酒囊的房间里看完了疯牧师的手稿。第二天早饭之后，他们一行四人带了那块奇妙的石刻坐马车回到伦敦。

从此以后，皮酒囊成为英国的著名古迹。每年有许多崇拜狄根司的人来到科伯姆村参观这个“宽舒的乡村小酒店”。使人们感到兴趣的是这个村庄和这个小酒店依然还一模一样地保持着狄根司所描写的那个样子。依然是红瓦的屋顶，依然是小窗子和老式的百叶窗。不过原来的那块招牌已移在过道边的右方一扇玻璃窗背后的一个小柜台里了。现在门口挂的招牌上却画了匹克威克先生的像，仿佛他正在向他的社员演说。上面一行写成弧形的字：“狄根司的老匹克威克”。底下一行写着“皮酒囊”。走进门，经过一条很长的过道。过道尽处，就找到了那个“低顶的长房间”。匹克威克先生就是在这里找到他那个厌世的朋友的。现在，这里依然“陈设着许多样式古怪的高背皮垫椅子。”另外还有古老的钟，和其他古色古香的家具。墙上也依然挂着许多古老的肖像画。但是，在每一个可以利用的空缺处却填满了各种狄根司及其小说中人物的画像、小说的插图以及其他纪念狄根司的图片。总之，这里现在已成为一个狄根司的纪念馆了。

在雷却逊和麦资的书中，都印有一幅皮酒囊的照片，可是，除了那块招牌以外，房屋的外观却不同。麦资的书出版于1921年，而且他谈皮酒囊还保持着原来的样子，应该认为他这本书里的照片是可信的。但雷却逊书中所印的那幅照片显示的却是一座较为古老的屋子，这一点却使我不能理解了。

乔治和秃鹫

匹克威克和他的朋友们从伊普斯威契回伦敦后，就搬到伦巴德街乔治广场"乔治和秃鹫"大饭店里去住，从此，匹社总部就设在那里，一直到他退隐为止。因此，乔治和秃鹫大饭店可以说是匹克威克先生后半期的活动据点。

这家大饭店也不是子虚乌有的地方，它确是伦敦一家历史悠久的著名的公共场所。不过这家饭店的地址现在写作"康希尔区圣匹克尔巷内"。其实都是正确的。如果从伦巴德街进去，虽然有一方墙上写明"古匹克威克旅馆"，可是这些字做在最高的窗楣上，不容易见到；如果从那个狭小的迈克尔巷内进去，差不多紧对面就是这个饭店的大门。

这座房屋也是几百年的古建筑了。原先是费勒斯伯爵的伦敦府邸。在1175年的一个夜里，他的一个胞弟就是在这所房子里被人谋杀的。后来不知什么时候，这屋子被用来开设"乔治饭店"。也不知从什么时候起，又加上了一个"秃鹫"，成为当时著名人物的集中地。15世纪最著名的讽刺诗人约翰·史凯尔顿曾经在诗里写到过这个饭店。17世纪的散文家阿逊生和史谛尔也常常在这里参加宴会。此外，如讽刺散文作家史惠大特，《鲁滨孙飘流记》的作者但尼尔·迪福，也经常是这里的座上嘉宾。

1666年，伦敦大火，这座老屋也被焚烧了。但是，重建之后，仍然开设乔治与秃鹫饭店。它的名望也愈来愈响亮。史学家史屈莱普在他的《史都氏〈伦敦志〉补遗》中叙述道："鲍尔巷附近有乔治饭店，大火后重建，屋宇宽敞，仓舍众多。门前有一广场，名为乔治广场。其对面有乔治和秃鹫饭店，亦大厦，营业鼎盛。有一小道，通迈克尔巷。"由此看来，乔治广场是属于另一家乔治饭店，而不是属于乔治和秃鹫饭店的。但现在这个广场上已造起了许多大房子，广场的遗迹不复可见了。乔治和秃鹫饭店现在已成为狄根司的文学遗产，虽然内部已有所改装，但古老的气氛还保存了不少。相传为匹克威克住过的那个房间里，装饰着许多匹克威克和狄根司的画片和纪念物，使客人们想起它过去的光荣。这个饭店现在已不做旅馆营业，它已成为名副其实的饭店，所有的房间都利用来为伦敦市民果腹之处了。

这个饭店在狄根司的文学事业上还有一个小故事，极为有趣。据说在1837年，当《匹克威克外传》正在每月发表的时候，有一个流通图书馆的委员会设在这个饭店里。这一年的三月三十日，这个委员会在这里开会。有人提议把正在分期发表的《匹克威克外传》列入流通图书范围之内。这个提议遭到两位委员的反对，因而没有通过。这两位委员的理由是认为这本书太粗俗了。但当时仍通过了一个修正案："待全书完成后，可以一卷本的形式购置流通。"1837年，这本著名的《匹克威克外传》就在匹克威克及其朋友聚会的那个房间里举行拍卖，由一位白克汉先生以十三先令六便士买去。这个本子，有收藏者手书的题记，说明此书的历史，现今收藏在不列颠博物院图书馆的珍本书库里，目录卡上就名为"乔治和秃鹫本"。

以上选抄了与匹克威克或狄根司有关的三家旅店，聊当茶话。麦资的书全部内容都是这样有趣，使我把《匹克威克外传》从头到底重读了一遍，可惜作者所谓"现在"，还是1921年以前的情况，到如今又过了三十多年，在第二次世界大战的重创之后，英国的这一类文化古迹，不知还存留多少？

1957年4月10日写讫

---

* 本文所用"旅店"，是英语 inn 的译文；"酒店"是 Tavern 的译文，都是一种小客栈，管住宿，管饮食。现代所谓 Hotel，则译作"旅馆"，兼营次食者，则译作"大饭店"。

《翻译文学集》第一卷编选说明

“五四”运动以前的外国文学译本，有一些情况和现在的译本不同：

（1）原著者的姓名没有统一的译音。译者用自己的乡土音去对音。同一个外国作家，有许多译名，差距很大。

（2）从日文翻译的欧美作家作品，中国译者根据日本译音去找汉字对音，以译原著者姓名，差距更大。

（3）有些译本只有日译者姓名，而无原著者姓名。

（4）有些书只有中译者姓名而没有原著者姓名。甚至有些书不称“译”而称“著”，似乎是创作而非译述。

（5）欧美人名缀音较多，佶屈聱牙，中国读者不易记诵，有些译者将书中人名一律改用中国人名。

（6）译本多数不用原著书名。日本人译西欧作品亦改取书名。中国人从日文转译，有时用日文书名，有时另改中国书名。译文初版本的书名，在再版时有改换书名的情况。例如普希金的《俄国情史》，再版本改名《花心蝶梦录》。

（7）多数译本，对原著均有不同程度的删节，全文逐字逐句翻译者甚少。

我们编选本集，第一道工作程序是先要了解这一时期到底有多少外国文学的译本？我们用以参考的主要是下列三种资料：

（1）《晚清戏曲小说目·翻译之部》，阿英编，上海古典文学出版社，1957 年版。

（2）《民国时期总书目·外国文学》，书目文献出版社，1987 年版。

（3）《中国译日本书综合目录》，香港中文大学出版社，1980 年版。

此外还有顾燮光的《译书经眼录》、30 年代生活书店编的《全国总书目》等数种。从这些资料中，我们估计这一时期的外国文学译本有八百至一千种。但由于上述各种情况，光是参考书目，不可能作出正确的记录。有许多书非目睹查核不可，但这是无法做到的。

纯文学作品的译本有三四百种，我们现在可能看到的不过半数，大部分在商务印书馆的《说部丛书》（包括《林译小说丛书》）和中华书局的《小说汇刊》这两部丛书中。其他由个人经营的小规模出版社印行的许多译本，现在几乎已无法访求。

《翻译文学集》每卷限于 50 万字篇幅。第一卷选录纯文学译文，即使我们所能见到的译本不多，已感到无法全面精选。因此，我们拟定了几条凡例：

（1）长篇小说字数在十万以上的不能全文入选。

（2）同一个作家的作品只选一篇。

（3）译者人数尽可能多些。

（4）原著作者的国别尽可能多些。

根据这个选例，我们选定了 10 部长篇小说和 18 个短篇小说。

林纾是最重要又最多产的外国文学翻译家。他的全部译本曾有商务印书馆编印的《林译小说丛书》，至今各大图书馆还有收藏。《万有文库》中也收入了他的几种译本。1981 年，商务印书馆又重印过《林译小说》10 种。因此，我们选了他的《巴黎茶花女遗事》和《海外轩渠录》。前者因为是第一部外国文学名著译本。后者因篇幅不多，用以代表英国文学。

伍光建以“君朔”的笔名译了两部大仲马的历史小说：《侠隐记》正续编和《法宫秘史》前后编。他用白话文译述，文笔信达雅净，可以作为早期白话文译本的规范。只因每部都有 30 万字，无法全文选录，只选了《法宫秘史》的一卷。

《黑奴吁天录》是一个重要的译本，应当选入。但我们不便再选用林纾的译本，故改用一个根据林纾本演述的白话文本，它反映了当年林译本的读者仅限于中上层知识分子，还不是一般市民所能阅读，于是有了提供白话文本的需要。

德国文学的翻译介绍，至今还是比较少的。我们选了两部德国文学名著。《大除夕》的作者现在已很少人知道，但在当时，他的著作非常流行。译者徐卓呆是一位幽默作家，用他的笔来译这本书，可谓“得心应手”。苏德曼的《卖国奴》，现在有了新译本，书名《猫桥》。吴梼译此书时，这位原作者正在德国显露头角，我们选入这个译本，用以反映当时翻译界亦很敏感，能得风气之先。

俄罗斯文学从普希金以后，已赶上西欧。日本人译俄罗斯文学作品甚少，这里选入俄罗斯小说四部，只有朱世溱的《克利米战血录》是从英译本转译的，其他三部都从日译本转译。我们原计划选入普希金的《俄国情史》，因找不到文本而只好放弃。俄罗斯文学作品在日本翻译界所占比重之大，显然是俄罗斯革命思想的影响，而中国留学生又间接地受其影响。

北欧和东欧诸小国文学，长篇作品的译文极少见，原计划选用周作人的《匈奴奇士录》，因为此书在“五四”运动后已有修订重印本，故不再列入。存目于此。

短篇小说皆散见于各种期刊，单行本唯见《风俗闲评》，为契诃夫短篇集，又林纾译《罗刹因果录》，为托尔斯泰短篇集。此外都是侦探、冒险小说，当选入第二卷。周树人、作人兄弟所译《域外小说集》二册，周瘦鹃选译《欧美名家短篇小说丛刊》都是短篇小说的选译集，并且都注意于小国文学。我们选了周瘦鹃的译文较多，《域外小说集》已有重印本，而且译文过于古奥，故选了一篇。

1989 年 4 月 25 日

《翻译文学集》第二卷编选说明

本卷所选，都是通俗小说。所谓通俗小说，有两种意义：一种是纯文学作家所著，有高度的思想性及艺术性，作者并不以一般市民读者为对象。然而出版以后，居然雅俗共赏，不胫而走，于是被目为通俗小说。另一种是第二、三流作家所著，思想性和艺术性都平凡，作者以故事情节离奇怪诞取胜，迎合广大民众的低级趣味也能风行一时，读者十百倍于文学杰作。这又是一种通俗小说。

本卷所选各篇，其作者之文学地位虽有高低，但都不失为上乘作品。唯聂克·卡脱侦探案一种，为出版商投机之作，曾出版至数百种，内容良莠不等。当时虽行销大畅，人手一编，而今已不为人知。可知文学作品，无论通俗与不通俗，能经受时间、时代考验者，必非庸劣之作。

从19世纪晚期至本世纪最初二十年间，外国通俗小说之通过译文输入中国者，大约可分为四大类型：（1）爱情小说，（2）科学幻想小说，（3）怪异小说，（4）侦探小说。

自有小说以来，男女恋爱，永远是小说的普遍题材。这一时期译介进来的小说，也仍然以爱情小说为多。但是，自从浪漫主义消退以后，欧美各国小市民所阅读的爱情小说，已愈写愈滥，没有突出的时代特征。不依附于神怪、冒险情节的纯爱情小说，几乎都是很平凡、很庸俗的。因此，我们在本卷中，没有选取爱情小说。

科学幻想小说由法国作家凡尔纳创始，这是反映了时代特征的。19世纪是科学突飞猛进的时代，人人都有一点科学知识。有新的知识，就有新的幻想；新的幻想又促进了新的科学。科幻小说的文化教育作用，实在未可轻视。

19世纪又是海运大开的时代。亚洲、非洲，在一般欧洲人民的心目中，向来是野蛮而神秘的地区。随着帝国主义殖民地的发展，海上交通的频繁，有许多兵士和商人来往于东西洋各国。于是金字塔、狮身人面像、火山、大沙漠、钻石、宝石、大麻、鸦片等等，使欧洲人进入了《天方夜谭》的世界。这就是以哈葛德为代表的一种神怪小说应运而生的时代背景，它们使欧洲文学中出现了一种以异国风光、惊险情调为题材的小说。哈葛德的作品，虽然以爱情故事为基构，但作者的意图并不在写爱情故事。因此，我们不能把它们列入爱情小说这一类型。

由于资本主义的发展，工商业的繁荣，社会结构的变易，人与人之间的关系也趋于复杂。巴黎、维也纳、伦敦，是欧洲的繁华世界，也是罪恶渊薮。种种离奇的犯罪案件，层出不穷，使公安部门束手无策。苏格兰场是伦敦刑警总部，他们的办案是著名的，然而也有他们办不了的疑案。于是，法国出了一个嘉波留，英国出了一个柯南·道尔，他们几乎同时找到了极好的小说题材，各人塑造了一个神探：勒高克和福尔摩斯。

我们根据上述三大类型，选取了两部科幻小说：《八十日寰游记》和《火星与地球之战争》。一部神怪小说：《三千年艳尸记》。一部科幻哲理小说：《易形奇术》。一部推理小说：《玉虫缘》，这是侦探小说的前奏曲。两部长篇侦探小说：《毒药樽》和《彚祟》。此外，又选了一位已被遗忘而正在重显声名的英国作家曷普华的政治秘史小说，一部长篇《赂史》和两个短篇。押川春浪的《大魔窟》是日本明治文学中模仿西洋文学的样本。《旅顺实战记》是一部军事记实小说。它表现了典型的日本精神，从武士道、忠臣藏、大和魂到军国主义，有其根深蒂固的传统。这部小说，对日本人来说，是一部爱国主义小说，但对中国人来说，却是一部国耻小说。现代中国人也应当看看，汲取一次历史教训。

短篇小说部分，除去曷普华的两篇之外，其他六篇，都是侦探小说。

1989年8月18日

《翻译文学集》第三卷编选说明

国际间互相翻译介绍其文学，小说占绝大多数。这是由于19世纪以来，小说成为文学中主要类型。我们在编选近代翻译文学集的过程中，发现小说译本的比重占百分之八十。因此，《翻译文学集》以两卷的篇幅选录小说，而以其他文学类型的译作合编为第三卷。

所谓“其他文学类型的译作”，只是意味着小说以外的一切文学译作。这里包涵的品种非常繁杂，我们只能从选录的资料中，以类相从，作粗略的区别，以便于编排。

我们原先打算把这一卷的译文按散文、诗歌、戏剧三大类区分，但散文这个名词，既是文学类型名词，又是文体名词。作为文体名词的概念是清楚的，只要不是韵文，便是散文。但作为文学类型名词，就会有许多作品不易肯定是否为文学散文。

现在我们在散文这个类目中，收了林纾译欧文作的《大食故宫余载》。这是美国作家华盛顿·欧文的一本西班牙游记，也是林纾最好的一本译文，我们选用了十篇。却尔斯·兰姆是英国首屈一指的散文家，他的《伊里亚随笔》是英国散文的典范作品。我们在周瘦鹃的《欧美名家短篇小说丛刊》中发现了一篇译文《故乡》，遂为选入。《大食故宫余载》收入《说部丛书》和《林译小说丛书》，《故乡》收入短篇小说集，可见当时译家对于文学类型的区别，还不很清楚。

我们又选了四篇严复的译文，编入“散文”类目中。我们并不用文体概念选录这四篇译文。我们仍是用文学概念选录它们的。因为严复的译笔，能实践他自己提出的信、达、雅的标准。文章的思想内容虽然属于社会科学，但是以文章本身论，它们是文学的散文。这一类译文，在清末民初这一段时期中，可观者并不少，但我们不便多选，怕冲淡了本书的文学性能。

诗歌部分，我们在编选过程中发现以英国诗为最多。如果没有一本应时译的《德诗汉译》，那么，德国诗的译文可能最少。英国诗中，译家所注意的是拜伦的《哀希腊》和丁尼孙的《哀波兰》。此外则有虎特的《缝衣曲》。这几首诗，译者都不止一人，可见当时介绍外国诗歌，也是为了发扬爱国主义、民族主义和反映社会现实。

刘半侬长期在上海，写文章都署名“半侬”，后来到北京大学任教，参加《新青年》的编辑，才改名为“半农”。他前后译了六篇屠格涅夫的散文诗。前四篇，他认为是小说，后两篇译于三年之后，才知道这是散文诗。泰戈尔来华，刘半农译了他的四首诗，题作“无韵诗”。无韵诗实在就是散文诗。由此可知，当时译家对“散文诗”这种文学类型，还不很了解。

《伊索寓言》是古希腊的一部道德教本，也可以说是一部哲学书。教育对象不限于青少年，但到了近代，常常被列入少年儿童读物，甚至被目为童话。这就大大降低了这部书的价值。在我国，《伊索寓言》的译本，据说在明代已有，是天主教士用作宣传教义的出版物。以后，随时都有译本，我们还无法见到详尽的著录。现在收集到的四种译本，都是在“近代”这一段时期里发表的，汇集于此，自成一组。

《天方夜谭》的情况，也是如此。这部书原名《一千零一夜的故事》，是阿拉伯古典文学的巨著。它是由许多民间故事纂组起来，随时有新的故事加入，因为最初是说书人的话本，互相转抄，文本不同。阿拉伯文的近代印本，亦繁简不同。最简略的英译本，常常被列入少年儿童读物，而伯尔顿的英译全本，又是难得的高级文学典籍。我们现在汇集四家译本，都是从删节本译出的，也使它们自成一组。

通过伯尔顿的英文全译本，许多国家都有了全本《天方夜谭》，日本已有了两部《一千零一夜》，而我国到今天还没有。人民文学出版社曾印过纳训的译本，是从阿剌伯文直接译出的，分册出版，似乎还没有出全。不过纳训的译本，从已出版的第一、二本看来，所根据的底本，恐怕也是供少年儿童阅读的删节本。

童话的两大作家，德国的格林兄弟和丹麦的安徒生，我国都很早有人介绍。格林的童话集题名为《时谐》，不知何人所译。最初发表在刊物上，后来印成单行本，列入商务印书馆的《小本小说丛书》。安徒生的童话，有过一个选译本，书名《十之九》，共收六篇，列入中华书局的《小说汇刊》。《时谐》这个书名，大约是从《谐铎》得到的启示。《十之九》这个书名，取义于“寓言十九”这个成语。看来这两位译者都把外国的童话认为是一种俳谐文学。

安徒生的童话是文人创作的儿童文学，先有文本，后有读者。格林兄弟编的童话集，是德国的民间故事或传说，经他们收集来写成文本，这是先有听众，后有读者。安徒生的童话，仅属于儿童文学，格林兄弟的童话，就兼有民间文学的文献价值了。这是童话的两大系统，过去的译者，恐怕更不能辨别。

关于外国戏剧的译介情况，我们最初求助于阿英的《晚清戏曲小说书目》。它使我们很失望，因为经著录的戏剧译本只有寥寥十三四种，能找到文本的仅有一二种。后来，经过搜索，才知道外国剧本的翻译并不十分冷落，不过它们大多发表在刊物上，而没有印过单行本。这大约是由于剧本在当时还不成为文学读物的缘故。现在我们居然能选到十个剧本，都是著名作品，“五四”运动以后，它们大半都有了新的译本。但是，限于篇幅，我们在本书中，只印行了七个剧本。其余三个剧本，尤其是波兰廖抗夫的《夜未央》，当年上演，曾轰动一时。此剧有巴金的重译本，容易得到，故与其他两个剧本，一起列入“存目”而未录。

我们用了两年时间，编选属于近代文学的《翻译文学集》，全书三卷，至此已告完成。回顾工作进行情况，在选材、编制方面，颇费斟酌，不敢苟且，得此成果，似乎还能反映当时文学翻译各方面的面貌。但是，由于人力、物力和时间的限制，我们做这个工作，只能就地取材，向上海的几个图书馆借用资料，而无法向全国各图书馆去征求上海所无法得到的资料。因此，有不少更应当入选的译本，但见著录而无法在上海获得文本，或没有著录而不为我们所知，都成为网罗不及的遗珠，这是我们非常抱憾的。

1990年2月10日